# 敵国に嫁いで孤立無援ですが、どうやら私は最強種の魔女らしいですよ?

1

十夜 Touya

Illustration セレン

TEKIKOKUNI TOTSUIDE KORITSUMUEN DESUGA,
DOYARA WATASHIHA
SAIKYOSHU NO MAJO RASHIIDESUYO?

一迅社ノベルス

# Keyword

「魔女」はピンク色の髪に赤い瞳を持つ
「はじまりの種族」で
全てに祝福を与える存在なり

## ドドリー大陸
獣人、鬼人、エルフ、竜人など、
人間以外の多種族が住む大陸。
種族ごとに国が造られており、序列が決められている。

## ザルデイン帝国
ドドリー大陸の西部に位置する大国。
序列ナンバー1を誇る獣人族が暮らす。

## サファライヌ神聖王国
人間族が住む国。大陸に挟まれた島国。
伏せる獅子と呼ばれる最古の王国。

## レミヤ大陸
人間族が住む大陸。

## 魔女
遠い昔に滅んだ種族。
大陸に住む種族の誰もが
魔女を崇拝していて、
いつの日か復活すると信じている。

## 獣人
長命で、一族の結びつきが強い。
力こそが全ての実力主義。
それぞれベースとなる
獣の形が存在している。

# Map

illustrated by Selen

THE WITCH OF THE STRONGES

# Contents


第一章　帝国の花嫁　005

プロローグ　006

1　サファライヌ神聖王国の王女の受難　009

2　王女の輿入れ　026

挿話　ザルディン帝国御前会議　036

3　帝国の花嫁　042

4　狼公爵ジークムント　070

5　皇宮の庭と魔女の遺跡　079

6　狼公爵領訪問　091

7　チェンジリング　099

8　鉱山での宝石拾い　118

9　狼公爵領の古代遺跡　141

10　最弱虚弱な人間族（ではない！　と言いたいジークムント）　168

11　最弱虚弱な人間族（に意外と優しい？　エッカルト皇帝）　175

12　魔女の見る夢　181

13　皇帝の誘惑　188

14　魔女の植物　201

15　ジークムントの騎士の誓い　237

16　皇帝との深夜の遭遇　249

17　狙われた魔女　255

SIDEヒューバート　手放した運命の幸福を願う　273


TEKIKOKUNI TOTSUIDE KORITSUMUEN DESUGA,
DOYARA WATASHIHA
SAIKYOSHU NO MAJO RASHIIDESUYO?

# 第一章

# 帝国の花嫁

TEKIKOKUNI TOTSUIDE KORITSUMUEN DESUGA,
DOYARA WATASHIHA
SAIKYOSHU NO MAJO RASHIIDESUYO?

# プロローグ

「えっ、赤い瞳？」

古代遺跡の隠し部屋で、私は鏡に映った自分の姿をまじまじと見つめた。

「嘘《うそ》でしょう？　ピンクの髪に赤い瞳だなんて……最上位種の『魔女』じゃないの！」

私が嫁いできた大陸には、国・種族に関係なく、誰もが信じている言い伝えがある。

『「魔女」はピンク色の髪に赤い瞳を持つ「はじまりの種族」で、全《すべ》てに祝福を与える存在なり』

ただし、魔女の一族は遠い昔に滅んでしまっており、一人だって残っていない。

それなのに、誰もが魔女を崇拝していて、いつの日か復活すると信じているのだ。

私の脳裏に、いつだって私を馬鹿《ばか》にする、帝国皇帝の側近である『八聖公家《はっせいこうけ》』の当主たちの声が蘇《よみがえ》ってくる。

『魔女はオレたちにとって、神聖で不可侵なるご存在だ！　オレたちが今ここにあるのは、全て魔女のおかげだからな!!』

『魔女は最古の種族であり、はじまりの種族なのです。その御恩は僕たちの血と肉に刻み込まれています』

それから、私の婚約者であるザルデイン帝国皇帝エッカルトの声が。

『私は魔女に心臓を捧《ささ》げている。彼女が死ねと言ったら死ぬし、彼女が現れたら全てを捧げるだろう』

「待って、待って！　帝国の全員から敵視されている私が、その復活を希《こいねが》われている魔女だなんて悪い冗談よね？　だって、私の瞳は青のはずなのに。ああー、でも、どこからどう見ても赤い瞳だわ。いつの間に変化したのかしら。ううう、どうしよう、バレたら全員から跪《ひざまず》かれるのかしら」

嫌だ、嫌だ。

あれほど毎日、顔を合わせるたびに嫌味を言ってくる連中が、ころっと手のひらを返しておべんちゃらを言い始めるなんて、考えただけで耐えられないわ。

皆だって、今さら私を崇《あが》め奉《たてまつ》るなんて屈辱でしょうし。

それとも、魔女が現れたと歓喜するのかしら。

あー、普段の魔女への傾倒具合を考えたら、歓喜しそうよね。

「ううう、いつだって私を蔑んでくる公爵たちが、猫なで声でしゃべってくる姿なんて見たくないわ」

そもそも、彼らのそんな姿を想像することができない。

「下手《へた》したら、私のことを嫌っている皇帝ですら、私に執着して愛を囁《ささや》いてくるのかしら」

いや、さすがにそれはないわよね。

あれだけ私を嫌っているのだから、今さらそんな恥ずかしい真似《まね》はできないはずよ。

それとも、屈辱的な気持ちを抑え込んで、私に愛を囁くのかしら。

思わず私の前に跪く皇帝の姿を想像してしまい、顔が真っ赤になる。

「ぎゃあ、これは想像してはいけないやつだったわ！」

そうだった、皇帝は類を見ないほどのイケメンなのだ。

あれほどのイケメンが私に触れ、切なそうに言い寄ってきたとしたら、私の心臓がもたないわ。

私はふるふると大きく頭を振ると、頭の中からイケメン皇帝の姿を追い出す。

それから、大きなため息をついた。

「はあ、どうしてこんなことになったのかしら？」

私は恨めしい気持ちで、そもそもの始まりを思い返したのだった。

# 1 サファライヌ神聖王国の王女の受難

それは、一か月前の出来事だった。

私、サファライヌ神聖王国の第一王女であるカティア・サファライヌは、母国の王宮内にある会議室にいた。

会議室の重々しく緊張した雰囲気の中、ぽかりと口を開けると、間抜け面をさらして兄である王太子を見つめていた。

なぜなら兄から呼び出しを受け、会議室に顔を出したところ、一ダースほどの大臣や騎士団長、貴族に囲まれた兄が、にやにやしながらとんでもないことを言ってきたからだ。

「は？　何ですって？」

はっきり聞こえていたにもかかわらず、耳にしたことが信じられなかったため思わず聞き返す。

そんな私に向かって、兄はわざとらしいため息をついた。

「はあ、このオレに同じ言葉を二度も言わせるとは、お前も偉くなったものだな！　お前はザルディイン帝国皇帝に嫁ぐことになった、と言ったんだ!!」

私は驚愕《きょうがく》して目を見開くと、必死で言い募る。

「そ、それは不可能です！　だって、私はノイエンドルフ公爵に嫁ぐのですから！　もうウェディングドレスも出来上がっているし、三か月後には式を挙げる予定になっていて……」

動揺のあまり、誰もが分かり切っていることを説明すると、兄はもう一度ため息をついた。

「お前は本当に頭が固いな！　そのウェディングドレスはノイエンドルフ公との結婚式でしか使えないのか？　違うだろう！　ザルデイン帝国皇帝との結婚式は二か月後だ。その時に使用すればいいではないか」

「に、二か月後⁉」

一国の皇帝の結婚式であれば、短くとも一年の準備期間が必要だ。

二か月後に慌ただしく結婚式を挙行するなど尋常ではない。

いや、そもそも長い間交流がないザルデイン帝国の皇帝との結婚話が持ち上がること自体がおかしなことだ。

はっとして周りにいる重臣たちを見回すと、全員が顔色を悪くして俯《うつむ》いていた。

それらの姿を目にしたことで、何か大変なことが起こったことを遅まきながら理解する。

ドキドキする胸を押さえながら、ごくりと唾を飲み込んだところで、兄が居丈高《いたけだか》に怒鳴ってきた。

「せっかくザルデイン帝国の皇帝がお前を娶《めと》る気になってくれたのだ！　気が変わられては困るから、最短で式を挙げることにしただけだ！　お前は女だてらに騎士団の最高職に就いているうえ、

魔法使いとして最上位の称号を冠されるなど、これっぽっちも可愛《かわい》げがないからな！　お前がどんな王女かがバレたら、すぐに破談になるだろうから急ぐことにしたのだ！」

兄はいったん言葉を切ると、馬鹿《ばか》にしたように唇を歪《ゆが》める。

「とは言っても、職位も称号も、お前の身分があるからこそ与えられた代物だ！　自分の実力だなんて、勘違いするなよ!!」

会議室には騎士団長が数名揃《そろ》っていたのだけれど、兄の言葉を聞いた途端、我慢ならないとばかりに反論の言葉を紡《つむ》いだ。

「王太子殿下、お言葉ではありますが、王女殿下は六歳の頃から十年もの間、騎士たちと寝食をともにされ、騎士の仕事を学ばれてきました！　そして、近年では立派な指導者として、我々を導いてくださっています！　その素晴らしい実績が評価され、就かれた騎士団総長職でございます!!」

「さらには、この国最強の魔法使いである称号『破滅の魔女』を冠することが許されたのは、王女殿下がこの国で一番強い魔法使いだからです！　殿下はそのお力で、数々の戦を勝利に導いてくださいました!!」

「我々が未《いま》だ生きながらえることができているのは、王女殿下が『破滅の魔女』として絶大なる魔法を行使し、騎士団総長として我々を導いてくださるおかげです!!」

兄は薄笑いを浮かべると、憤っている騎士団長たちに視線をやった。

「はっ、カティア、誰もがお前を庇《かば》うことに夢中じゃないか！　男性だらけの騎士団じゃあ、お前のような可愛げがない者でも、女性というだけでよく見えるのだろう。ははは、連中を手懐《てなず》けるために、一体どんな手を使ったのやら」

兄はいつもの調子で私をあげつらってきた。

現場に顔を出すことはないので、私の実力を知らず、いつだって想像で物事を語っては私を馬鹿にしてくるのだ。

そんな兄の言葉は事実と異なっていたため、騎士団長たちはぎりりと奥歯を噛《か》み締めたけれど、私は我慢してちょうだいと片手で制する。

それから、少しだけ冷静になった頭で兄に質問した。

「王太子殿下、ザルデイン帝国の皇帝と結婚するという話は、私にとって寝耳に水です。よければなぜそのようなことになったのか、経緯をご説明いただけますでしょうか？」

兄は馬鹿にしたように鼻を鳴らした。

「お前は本当に頭が弱いな！　お前のような何の役にも立たない小娘が、なぜ大帝国の皇帝と結婚できるのか、その理由も分からないのか⁉　お前の価値といったら一つしかないだろう。お前が古い歴史を持つサファライヌ神聖王国の唯一の王女だからだ‼」

そう言うと、兄は居丈高に私を見下ろしたのだった。

サファライヌ神聖王国。

それは、ドドリー大陸の東側に位置する島を治める国の名前だ。

島といってもその面積は広く、ドドリー大陸内にある大国にも引けを取らない大きさがある。

特筆すべき点があるとすれば、サファライヌ神聖王国は人間族の国ということだろう。

ドドリー大陸に住むのは獣人、鬼人、竜人、エルフといった人間以外の種族たちで、人間族は基本的にドドリー大陸の東にあるレミャ大陸に住んでいるのだから。

サファライヌ神聖王国はドドリー大陸とレミャ大陸の間にあるのだけれど、ドドリー大陸までの距離の方がレミャ大陸までの距離より何倍も近い。

そのため、いくら島として独立しているとはいえ、ドドリー大陸に近接する場所に国を造ったサファライヌ神聖王国は、他の人間族の国と比べると非常に特殊なケースだった。

そのサファライヌ神聖王国には王子と王女が一人ずついて、王女というのが私、カティア・サファライヌだ。

私は腰までのピンクの髪に青い瞳を持ち、美人だった母に似ていると言われる顔立ちをしていた。

そんな私は王女ではあったものの、父は次代の王である兄王子にしか興味がなかったため、生まれた時からずっと放置されてきた。

だから、幼い頃に母が亡くなって以降、私はずっと騎士団に入り浸っていた。

騎士団の騎士たちは人がいい者たちばかりだったため、幼い私を邪険にすることなく、娘のように、小さな妹のように可愛がってくれたからだ。

おかしな話だけど、私にとって騎士団は、初めて家のように思えた場所だった。

だから、私に魔法が使えることが分かった時、騎士たちを守るための盾になりたいと思った。

この国で魔法を行使できる者は非常に希《まれ》だったからだ。

けれど、私はびっくりするほど虚弱で、回復魔法を一切受け付けない体質だったため、騎士たちは私が戦場に出ることに反対した。

『戦場では多くの者が怪我《けが》をします！　カティア様の体質では、怪我をすれば致命傷になりかねません!!』

至極もっとな意見だったため、私は彼らを納得させるために、圧倒的な力を身に付けなければならなかった。

『戦場に出したら危険だ』と心配される以上に、『どうしてもこの力が戦場で必要だ』と誰もが思うほどに。

だから、私が魔法使いの最高位である『破滅の魔女』の称号を手に入れたのは、実は戦場に出たいがために頑張ったことのおまけなのだ。

そんなことを言ったら、騎士たちが渋い顔をするから言わないけど。

そんな私は、幼馴染《おさななじみ》に恋をした。

王国の忠臣、ノイエンドルフ公爵に。

彼は長い銀髪を持つ三歳年上の美丈夫《びじょうふ》で、幼い頃から交流がある相手だった。

加えて、常識人で面倒見がよく、肝心な時にはいつだって私のことを大切にしてくれた。

そして、私に求婚してくれた。

だから、私たちは婚約をし、三か月後には大聖堂で結婚する予定になっていた。

それなのに、兄は結婚間近の私に向かって、ザルディン帝国皇帝との結婚を言い渡してきたのだ。

――その日、私の運命は思いもかけない方向に動き出してしまった。


「いいか、お前がザルディン帝国の皇帝に嫁ぐ話は決定事項だ！　絶対に覆らん！　だから、細かいことはお前たちで調整しろ!!　分かったな!!」

兄は言いたいことだけ言うと、足音高く会議室から退出していった。

私がザルディン帝国の皇帝に嫁ぐことになった経緯が一切分からず、唇を噛み締めていると、兄と入れ替わるように私の婚約者であるヒューバート・ノイエンドルフ公爵が入室してきた。

彼は切れ者と評判の公爵であり、我が国の宰相でもある。

慣れ親しんだ婚約者の姿を見て安心したけれど、ヒューバートは普段と異なり、一切私と視線を合わせることなく離れた席に座った。

そのことに違和感を覚えたけれど、ヒューバートの着席が合図でもあったかのように、大臣の一人が書類を握りしめながら今回の経緯を説明し始めた。

なぜ私がザルディイン帝国の皇帝に嫁ぐことになったのか、ということについての経緯を。


――大臣の説明によると、発端は兄だった。

兄は我がサファライヌ神聖王国王家の唯一の直系男子だ。

そのため、兄には浅慮で衝動的といった欠点があるものの、男性への王位継承権が優先される我が国において、次期国王という立場は絶対視されていた。

さらに、兄には女性関係にゆるいという欠点がある。

半年前、それら全《すべ》ての欠点が悪作用した結果、兄は外遊先で『運命の恋』に落ちた。

運命のお相手であるご令嬢と兄は、すぐに将来を誓い合ったという。

問題だったのは、『運命の恋』からほんの数か月後に、兄が新たな『運命の恋』に落ちたことだ。

兄は先の運命の相手を疎《うと》ましく思うようになり、頻繁にやり取りしていた手紙も途絶えがちになった。

そんな折、先のお相手が「妊娠した」と申し出てきた。

それに対し、完全に先の女性に興味を失くしていた兄は、「他に好きな女性ができた。君とは別れる。子どもは引き取るので、生まれたら連絡するように」との最後通牒《つうちょう》を一方的に突き付けたのだ。

先の女性はその手紙の内容の冷酷さに倒れ、心労でお腹《なか》のお子様は流れられたという。

不運なことに、その後、不慮の事故が重なり、その女性も帰らぬ人となられた。

国家間の問題になるのはここからで、亡くなられた女性がドドリー大陸で覇権を握るザルデイン帝国の上級貴族のご令嬢であったことが、後日判明したのだ。

交際期間において、兄が王太子でなく伯爵子息を名乗っていたように、お相手の女性も伯爵令嬢を名乗られていた。

そして、互いにその立場を信じていたらしい。

けれど、お相手の女性が亡くなり、その親族が血眼《ちまなこ》になって令嬢を裏切った相手を探し回った結果、兄の身分隠蔽《いんぺい》工作は白日の下にさらされ、サファライヌ神聖王国の王太子であるという事実が明らかになった。

併せて、お相手のご令嬢がザルデイン帝国の『八聖公家』と呼ばれる公爵家出身であることも明らかにされた。

しかも、幼い頃から皇妃教育を受け、ザルデイン帝国皇帝の皇妃候補と見なされていたご令嬢だったと……。

それは考え得る限り最悪の話だったため、全てを聞き終えた私は真っ青になった。

「お兄様は何て愚かなことをしたの！　ああ、お相手の女性はどれほど悲しい思いをされたのかしら……」

私はその場に跪《ひざまず》くと、亡くなられた女性とお子様のご冥福を祈った。

それから、再び立ち上がると、資料を読み上げた大臣に顔を向ける。

「それで、ザルデイン帝国はどのような対価を求めてきたの？　交易再開のうえの優遇措置？　それとも、我が王国の領土の一部を割譲しろとでも？　大陸の覇者が、その程度で矛を収めるとも思えないけど……」

ドドリー大陸にある全ての国は、虚弱な人間族を馬鹿にしているため、我が国とはほとんど交流がない。

ザルデイン帝国もその一つで、長い間、正式な国交が途絶えていたため、彼らが何を望んでいるのかが分からなかった。

そのために発した質問だったけれど、返事がなかったためぐるりと見回すと、集まった重臣たちの顔は真っ青になっていた。

皆の気持ちが手に取るように分かったため、私はぐっと唇を噛み締める。

そう、誰もが押し黙ってしまうほど、状況は絶望的だった。

なぜならドドリー大陸には獣人の国、鬼人の国、と種族ごとに国が造られており、さらには序列が付いているのだけど、大陸で序列ナンバー1《ワン》を誇る国がザルデイン帝国だったからだ。

その帝国に対して、今回、サファライヌ神聖王国は完全に下手《へた》を打った。

我が国の王太子が帝国の皇妃候補に手を出したうえ、結果として捨てている。

その女性が存命であれば、王太子の妃《きさき》とすることで丸く収まったかもしれないけれど、不慮の事故で亡くなられている今、我が国にできることは、次善の策だとしても、できる限りの誠意を見せることだろう。

この場合、兄がザルデイン帝国の皇女を妃に迎えるという選択肢が考えられるが、帝国に皇女はいなかったはずだ……。

と、そこまで考えた時、先ほどの兄の言葉が蘇《よみがえ》る。

『お前がザルデイン帝国の皇帝に嫁ぐ話は決定事項だ！　絶対に覆らん！』

「あっ！」

遅まきながら兄の言葉の意味を理解した私は、衝撃で床にぺたりと座り込んだ。

あまりのことに、全身がぶるぶると震え出す。

「……もしかして私が……兄の不始末の代償として、ザルデイン帝国に嫁ぐの？」

静かな会議室にぽつりと私の声が響いたけれど、――――それを否定する声は続かなかった。

誰一人私の言葉を否定しないということは、私の発言は間違っておらず、兄の不始末の代償としてザルディン帝国に嫁がされるのだろう。

さらに、兄があれだけきっぱり言い切ったということは、帝国側もこの結婚を了承しているのだろう。

恐らく、兄が大袈裟《おおげさ》に私を売り込みながら、両国の和平を保つ方法として皇帝と私との結婚を提案し、帝国側が了承したに違いない。

確かに我が国で一番高値が付くのは私で、この問題を平和的に解決するためには、私が帝国の皇帝に嫁ぐことが最善の策だろう。

私の頭はそんな風に冷静な答えを導き出したけれど、心は強い拒否感を示した。

――いやだ！　帝国の皇帝になど嫁ぎたくない。

条件面だけ見ると、ザルディン帝国の皇帝は最高の相手と言えた。

大陸中を探しても、身分的にこれ以上の相手は存在しないのだから。

加えて、皇帝の年齢は二十二歳で、十六歳という私の年齢と釣り合っており、皇帝の資質に問題があるという噂《うわさ》も聞かない。

それどころか、両国間の争いを収めるため、この短い期間で婚姻というカードを選択したのは、聡明《そうめい》で決断力があることの表れだろう。

けれど、どれほど条件がよく、皇帝が有能だったとしても、この結婚で私が幸せになれるとは思えなかった。

なぜなら皇帝は、彼の妃候補だった女性を兄に奪われたことで、兄の血族である私を恨んでいるはずだから。

加えて、私は人間族だから、皇帝を始めとした帝国民は皆、私のことを劣った人種だと蔑んでいるに違いないから。

そんな国の妃になって、私が幸せになれるはずがない。

さらに、私には三か月後に式を挙げる予定の婚約者がいるのだ。

だから、ザルデイン帝国皇帝との結婚なんて不可能だ、と心は強い拒否感を示すけれど、ここでカードを切り間違えれば戦争になることは明白だった。

発端は我が国の王太子の不誠実な行為から始まった。

そのため、帝国に王国最上位の女性を差し出し、誠意を見せることくらいしか、我が国は解決策を持っていないのだ。

――――私が、王国の外に嫁ぐ。

通常ならば、絶対にありえないことだ。

国民の誰一人だって、私を王国の外に出そうなどとは思わないだろう。

我が国最強の『破滅の魔女』を手放したいと思う者など、いるはずがないのだから。

それなのに、この場にいる重臣たちは、私が王国外に嫁ぐことを一切反対しない。

つまり、状況はそれだけ切迫しているということだ。

「……ザルディン帝国の皇帝と結婚……」

声に出したことで、その未来が現実のものとして迫ってくる。

同時に、見知らぬ皇帝との結婚を拒絶する気持ちが強く胸に湧いてきた。

嫌だ、嫌だ、ヒューバート以外の者に嫁ぎたくない。

それは心からの思いだった。

けれど、今となってはただの我儘《わがまま》だということも分かっている。

私はサファライヌ神聖王国の王女だ。だから、王女として正しくこの国を守らねばならない。

「……三か月後、私はノイエンドルフ公爵と結婚する予定だったけど、どうやら予定のまま終わりそうね。私はノイエンドルフ公爵との結婚式で使う予定だったウェディングドレスを着て、帝国の皇帝に嫁ぐのね」

もはや帝国に嫁ぐしかないと頭では分かっているものの、心は往生際悪く、未練の言葉を紡ぎ出す。

ああ、私がこれ以上みっともないことを言う前に誰か止めてちょうだい、と周りを見回したところで、ヒューバートと目が合った。

幼い頃からの婚約者で、ずっと私の味方でいてくれた、もうすぐ夫となるはずだったヒューバート・ノイエンドルフ公爵と。

私はふと、彼が私に求婚してくれた時のことを思い出す。

王宮の庭で、私の前に跪いたヒューバートが、私の髪と同じ色の薔薇《ばら》を差し出してくれたことを。

『あなたを、……ただありのままのあなたを愛しています』

片手を取られ、跪いた彼の額に押し当てられ、懺悔《ざんげ》をするかのように告白されたことを。

私はいつだって、あの時の熱情に溢《あふ》れた彼の表情を思い出せるのに――目の前にいるヒューバートは落ち着いていて、その瞳は冷えていた。

「ヒューバート……」

彼の表情を見た瞬間、彼が私を切り捨てる決断をしたことを理解する。

そのため、私の全身はがたがたと震え出した。

ああ、いつだって私の側《そば》にいてくれ、味方でいてくれた婚約者。

あなたですら私を帝国に嫁がせようとしているのね。

――自然と、涙が頬を濡《ぬ》らす。

王女として人前で涙を流したことなど、これまでなかったのに。

……お願い、ヒューバート。どうか皇帝との結婚に反対してちょうだい。

そして、この国に、あなたの側に残れと言ってちょうだい！

難しい願いだとは分かっていたけれど、私は最後の望みをかけて、縋《すが》るように婚約者を見つめた。

ヒューバート、もしもあなたが皇帝との結婚に反対してくれるならば、私は……。

「王女殿下が受諾されるならば、殿下はザルディン帝国の皇妃として、ドドリー大陸で最も価値のある女性となられるでしょう。――お祝いを申し上げます」

微塵《みじん》も動揺を見せない落ち着き払った表情で、震えることなく、力を込めすぎることなく、静かな口調でヒューバートが応《こた》える。

まっすぐに私を見つめる瞳には、一切の迷いも動揺も見て取れなかった。

「……………そう」

その時の私は、全てを諦めた表情をしていたのだろうか。

それとも、はぐれてしまった幼子のような、心もとない表情をしていたのだろうか。

どちらにせよ、最もほしくなかった答えを婚約者から受け取った私は、咄嗟《とっさ》に諾とも否とも答えることができず――王城の最奥にある会議室で、ただ呆然《ぼうぜん》と立ち尽くしていたのだった。

# 2

## 王女の輿入《こしい》れ

「みんな、これまでありがとう」

出立の日、私はサファライヌ神聖王国の皆に別れの挨拶《あいさつ》をすると、笑みを浮かべた。

それは、会議室で皇帝との結婚を打診されてから、わずか一週間後の出来事だった。

私との結婚を即断したザルデイン帝国の皇帝は、何事にも時間を惜しむタイプのようで、結婚の準備に一週間しか時間をくれなかったからだ。

私を見送る人々の中に、王太子である兄の姿もあったため、私は腹立たしい気持ちを抑えるのに苦労する。

けれど、兄は私の心情など気付かぬ様子で、集まった人々を見回しながら、得意気に声を張り上げた。

「カティア、オレのおかげでお前はザルデイン帝国皇帝の妃《きさき》になれるのだ！　そのことを決して忘れず、感謝し続けるのだぞ!!」

私は何とか笑みを保ったけれど、胸の中で暴れまわる暴力的な感情を抑えることはできなかった。

そもそも今回、ザルデイン帝国と一触即発の状態になった原因は兄だ。

それなのに、反省するでもなく、私が帝国皇帝に嫁ぐのは自分のおかげだから感謝しろと言ってくるとは、状況を読めないにも程がある。

私が嫁ぎたくて帝国に嫁ぐとでも考えているのだろうか。

内心ふつふつとした怒りを覚えながら、兄に視線をやる。

けれど、兄は全《まった》く分かっていない様子でにやにやと笑っていたため、奥歯を噛《か》み締めることで文句の言葉を呑《の》み込んだ。

気分を変えようと周りを見回したところで、私を見送るために集まってくれた人々の中にヒューバートがいることに気付く。

これで最後だというのに、冷静な表情を浮かべる元婚約者を見て、私の顔に皮肉気な笑みが浮かんだ。

――――ヒューバートはいつだって冷静だ。

会議室で、私と皇帝との婚約を聞かされた時に見せた、ヒューバートの落ち着き払った表情を思い出す。

彼が顔から表情を消した時は、もう感情の入る余地はないと決断した時だ。

そして、そんな表情をしたヒューバートは決して決定を覆さない。

犠牲になるのは開戦によって出動がかかる多くの騎士か、私一人か。

ましてや、私は死ぬわけでもなく、帝国の皇帝に嫁ぐだけ。

子どもでもわかる簡単な二者択一だ。

だからこそ、ヒューバートは間違えることなく正しい答えを選択し、私にもその答えを選ぶよう要請してきた。

私も納得してその答えを選んだのだから、私は自分の恋心に折り合いを付け、示された新たな道を歩き出さなければならない。

私は六歳の時から十年間ずっとヒューバートが好きだったから、簡単なことではないけれど、それでも彼を諦めなければならないのだ。

私の恋心を知っている侍女のシエラは、私が失恋した日の翌日、私を気遣って好きなだけ眠らせてくれた。

それから、目覚めた私の髪をすきながら、優しい言葉を掛けてくれた。

「カティア様は誰よりもお美しいですわ。そのうえ、『破滅の魔女』と呼ばれるほどの圧倒的な魔法使いですから、その価値は計り知れません。確かにノイエンドルフ公爵は素晴らしい方ですが、それでも、公爵にカティア様はもったいないと、私は常々思っておりました」

「まあ、シエラったら大きく出たわね」

私はしくしくと痛む恋心を抑えつけ、敢えて軽い口調で返事をする。

そんな私に対して、シエラは未来に希望を持てるような言葉を続けてくれた。

「カティア様は幼い頃からずっと、不思議な夢を見続けられてきましたよね。ここではないどこか、行ったこともない場所を、何度も繰り返して夢に見られていました。多分、カティア様の運命は、ここではないどこか他の場所にあるのです」

シエラはそう言うと、湿っぽさを吹き飛ばすようににこりと笑う。

「カティア様、世界は広うございます！　ノイエンドルフ公爵以上の男性が見つかるかもしれませんよ」

不思議なことに、彼女の言葉は私の中に、その後もずっと残っていた。

だからなのか、次にヒューバートに会った時、咄嗟《とっさ》にシエラの言葉を流用した。

たまたま王宮の廊下でヒューバートに会った際、彼は私が帝国の皇帝に嫁ぐことに対してお礼を言ってきたため、なぜ別の男性に嫁ぐことを元婚約者から感謝されないといけないのかしら、とかちんときたからだ。

それだけでなく、ヒューバートの腕には茶髪の女性が勝ち誇った様子でしがみついていたため、胸の中がむかむかして言い返さずにはいられなかったのだ。

「あなたにお礼を言われる筋合いはないわ。私も考え方を改めることにしたの。あなたと結婚しても、臣籍降下で王族籍から抜けることになるだけでしょう？　それだったら、いっそ帝国の皇帝と婚姻を結んで、皇妃として栄華を極めるのもいいと思ったの」

私の言葉に返事をしたのはヒューバートではなく、彼の腕にしがみついていたキャシー・スターキー子爵令嬢だった。

彼女は昔からずっと、ヒューバートに付きまとっている彼の遠い親戚だ。

「まあーぁ、さすがは優秀だと噂《うわさ》のカティア王女ですわ！　大帝国の皇帝が現れた途端、ノイエンドルフ公爵という王国最高の男性ですら簡単に捨ててしまえるのですから、計算高くて野心家ですのね！　ですが、やりすぎはよくありませんわぁ。騎士団でもいつだって目立とうとして、王太子殿下に煙たがられていると聞いています。自己主張の強い女性ってのは、嫌われますわよ」

……ただの子爵令嬢ごときが、ヒューバートと一緒にいるだけで強気に出ること。

ずっと彼を追いかけていたものの、ちっとも相手にされていなかったから、晴れて隣に立つことができて浮かれているのでしょうね。

私に付き合う義理はないけど。

私は彼女の言葉を丸っと無視すると、ヒューバートに視線を定めた。

恐らく、これまで私以外の女性を一切寄せ付けなかったヒューバートがキャシーを連れているのは、世間の評判を気にしてのことだろう。

長年の婚約を解消し、慌ただしく帝国に嫁ごうとしている私を一方的に悪者にしないよう、ヒューバートにはヒューバートで新たなロマンスがあるのだと、国民に示そうとしているのだ。

けれど、別の女性と親しくしているヒューバートを見るくらいなら、皆に悪く言われる方が百倍いいわ。

それに、手っ取り早く手近な女性を選んだのでしょうけど、あからさまにヒューバートのことを好きな女性を側に置くなんて、私に対して配慮が足りないわよね。

私はまだ彼の姿を見るだけで心がじくじく痛むのに、ヒューバートはどうすれば物事が上手《うま》く回るかということしか考えていないのだわ。

ヒューバートの行動を腹立たしく思いながら、私は彼を睨《にら》みつける。

ヒューバートが帝国の皇帝と結婚する私にお礼を言ったということは、彼が私の婚約者という立場を早々に捨て、国のためになることを一臣下として考え始めたということだ。

だから、その切り替えの早さに立腹し、シエラの言葉を借りて渾身《こんしん》の嫌味を繰り出したというのに、……ヒューバートは一切表情を変えることなく頷いた。

「見上げた心意気です、王女殿下。あなた様ならこの大陸で最も高貴な女性になれますよ」

それから、ヒューバートは彼の腕にからませていたキャシーの腕を撫《な》でたのだ。

その態度を見て、ヒューバートにとって私はもう終わった案件なのだと理解した。

だから、私は諦めたのだ……。

私は回想から戻ってくると、ヒューバートから視線を引きはがした。

彼は本当に冷静だし有能だ。

たった一週間で私と彼の婚約を解消し、私とザルデイン帝国皇帝の新たな婚約を結び直したのだから。

それから、ものすごく忙しいにもかかわらず、キャシーを連れて人が集まる色んな場所を出歩き、新たなロマンスをまき散らしたのだから。

私は笑みを浮かべると、私を見送るために集まってくれた多くの人々と言葉を交わした。

侍従、女官、料理人……たくさんの見知った顔に見送られ、私の胸はいっぱいになる。

いよいよ馬車に乗り込もうとしたところで、ヒューバートが目の前に立っていることに気が付いた。

王国の宰相として、最後のお役目を果たそうとしているのだろう。

近くで見ると、ヒューバートは酷《ひど》い顔色だった。

彼はこの一週間、私の輿入《こしい》れのために奔走してくれた。

だから、疲労が溜《た》まっているのだろう。

元婚約者のために、全力で新たな婚約を整えてくれるなんてありがたいことだわ、と皮肉混じりに考えていると、彼は胸に挿《さ》していた一輪の花を差し出してきた。

思わず見つめたところ、それはサファライヌ神聖王国の国花だった。

ヒューバートが私に求婚した時に贈ってくれた特別な薔薇《ばら》でも、幼い頃一緒に摘んだ思い出の花でもなく、私が去ろうとしている母国の花。

去り行く私に国花を贈るなんて、ヒューバートらしいわね。

そして、彼がもはや私に個人的な気持ちがないことは十分伝わったわ。

私は自嘲の笑みを浮かべると、花を受け取るために伸ばした手で、花とともにヒューバートの手を掴《つか》んだ。

はっとしたように顔を上げたヒューバートを見つめると、静かに口を開く。

「私は帝国に受け入れてもらえるよう全力で努力するわ。嫁いだ日から、帝国が私の国よ。あの国に誠実に向き合い、国民を愛するわ」

本当はその後に、こう続けるつもりだった。

『だから、私が立派な皇妃になり、この国とあの国の間を気軽に行き来できるようになったら、会いに来て。そうして、よくやったと私を褒めてちょうだい』

たった一人で獣人国に嫁ぐ私には、何らかの支えが必要だと思ったから。

だから、分かりやすい報酬がほしいと思ったのだ。

頑張ったら、――――私の最愛のあなたが私を褒めてくれる、と。

でも、やめた。

ヒューバートにはもはや私への恋心は残っていないようだから、私もきっぱりと自分の恋心を捨て去ることにしたのだ。

そして、――――私は何も持たずに帝国に行こう。それが私の最後のプライドだ。

「ノイエンドルフ公爵、これまでありがとう。――さようなら」

私は晴れやかに微笑《ほほえ》むと、振り返ることなく馬車に乗り込んだ。

そして、一人きりの馬車の中で、これでもかと思いっきり泣いたのだった。

# 挿話　ザルデイン帝国御前会議

「はっはあー、とうとう陛下もご成婚ですか！　お祝い申し上げます」

揶揄《やゆ》するような声に、ザルデイン帝国のエッカルト皇帝は、無言で片方の眉を上げた。

不快さを表す仕草だったが、相手は気付かない……わけはないので、気付かないふりをして言葉を続ける。

「はっはっはあー、しかも十六歳の人間族の小娘だなんて！　ままごと遊びのつもりですか⁉」

「人間族は我々とは成長速度が異なります。姫君は十分成長されていると見做《みな》されたので、我が国に嫁いで来られるのでしょう」

皇帝の侍従が、皇帝に代わって答えた。

初めに発言した男――――狼《おおかみ》公爵はギロリと侍従を睨《にら》みつけると、皇帝に向かって口を開く。

「ままごと遊びも結構ですがね、オレらがそんな小娘を受け入れるなどと思わない方がいいですよ！　誇り高き狼が人間の小娘に膝を折るなど、あり得ないでしょう‼」

狼公爵は興奮し、いまにも掴《つか》みかからんばかりの勢いだったけれど、皇帝は面白がる様子でにやりと口の端を引き上げた。

「ふふ、私の妃《きさき》だよ。いじめてくれるな」

決して声を荒らげているわけでも、睨みつけているわけでもないのだが、皇帝は不思議な迫力に満ちており、狼公爵は思わず口をつぐんだ。

――そこは、会議の間だった。

八角形のテーブルに八脚の椅子が並べられており、席は全《すべ》て埋まっている。

帝国きっての名家『八聖公家』の代表である公爵たちだ。

そのテーブルから数段上に一脚の椅子が置かれており、頬杖《ほおづえ》をついた皇帝が座していた。

――皇帝は、黒髪黒瞳の美しい男性だった。

二十代前半の若々しい魅力にあふれ、しなやかな肉食獣のような優美さをもっている。

その場に沈黙が落ちかけたところで、紫紺の髪の青年が口を開いた。

「狼の口が悪いのはいつものことですが、彼の主張は理解できます。なぜわざわざ人間族から、皇妃を迎えなければいけないのですか。初めに不品行な行いをしたのはサファライヌ神聖王国です。武力で攻め入って、あの国を平定すればいいだけではないですか」

冷静ながらも不満の滲《にじ》む口調の紫紺髪の公爵に対し、皇帝はやはりにこやかに返答する。

「鷹《たか》、お前も反対なのか。王国は我が帝国と海を隔てている。平定するまでどれほどの年月と労力がかかると思っている。しかも、相手は『伏せる獅子《しし》』と言われる最古の王国だよ。どれほどの戦力を有しているか見当もつかない。少なくとも私が在位のうちは、ごめんこうむるよ」

鷹公爵の隣に座っていた虹色の髪の青年が、複雑そうな表情で口を開いた。

「ですが、相手はとんでもない王女ですよ。まだ十六歳でしかないのに、騎士団のトップである総長職に就いています。実態が伴っているとは思えませんので、名誉欲が非常に強い女性なのでしょう。加えて、『破滅の魔女』という二つ名を持った、王国最強の魔法使いらしいですが、これまた十六歳という若さでその域に達することなど不可能ですので、誇張かと思われます。つまり、自己顕示欲の強い女性ということですね」

「ふふ、王国はそうやって売り込んできたのだったな。しかし、孔雀《くじゃく》。私は大人しい女性は好みではないからね。それくらい主張が激しい方が合うのかもしれない」

皇帝が面白そうに答える。

苦虫を噛《か》み潰したような表情で、皇帝の発言を聞いていた赤髪の美女が、長い髪を後ろに払った。

「未来の皇妃は男性関係も華やからしいですわ。王女は男性ばかりの騎士団に入り浸り、彼らと非常に親しくしているそうですから。お飾りの職位に就いている十六の小娘が、騎士団にどんな用事があるというのです？　日がな一日、男性騎士を相手に何をやっているかなんて、聞く必要もないでしょう。皇妃に尻軽はいかがなものでしょうか？」

「なるほど、狐《きつね》、お前の言うことは一理あるな。しかし、そもそも人間族はフェロモンが出ないだろう？　フェロモンがない相手に、どうやって惹《ひ》き付けられるのかと心配していたのだ。異性間交流に積極的であるならば、私のことも上手に誘ってくれるだろう。ありがたい話じゃないか」

「「陛下!!」」

先ほどからふざけた返答しかしない皇帝に業を煮やしたようで、公爵たちが一斉に皇帝を非難した。

口を揃《そろ》えて尊称を呼ばれた皇帝は、驚いたように丸くした目をくるりと回す。

「お前たちは真面目すぎるんだよ。お前たちの調査によると、私の花嫁は名誉欲と自己顕示欲が強い十六歳の騎士団総長で、二つ名持ちの魔法使い。さらには、部下たちに慕われる異性間交流の達人ってところかな？　ふふふ、総括すると、わがまま放題であることを許された、大事にされ愛されている、世間知らずの王女殿下じゃないか」

皇帝の口調はあくまで優しかったが、周りの公爵たちはぞくりとした怖気《おぞけ》を感じ、ごくりと生唾を飲み込んだ。

「王国の至宝ともいうべき、王国王家の一人娘を妃に迎えるのだよ。私たち皆で大事にするのは当然の話じゃないか。……そして、大事にして大事にして、……けれど、フェロモンも出ない相手じゃ、私はきっと発情しないね？　同族間でもほとんど子どもができない現状を鑑《かんが》みると、人間族が私の子どもを身ごもれるわけはないよね？」

皇帝は同席する公爵たちを一人一人見つめながら、面白そうに言葉を続ける。

「皇妃の最大の務めは皇統を継ぐ後継ぎを産むことだから、役目を果たさない皇妃は離縁されても仕方がないよね？　それが十年後なのか、二十年後なのか分からないが、……長命である私たち獣人族にとって、二十年なんて大した時間じゃないけれど、人間族にとって二十年は貴重だよね？さて、最も大事な十六歳からの二十年間を無為に過ごし、不妊という不名誉とともに離縁される私の妃は、その時どんな気持ちになるのだろうね？」

にこりと邪気のない笑顔を見せた皇帝は、その類《たぐい》まれな美貌と相まって、公爵たちには非常に恐ろしく映った。

「へ、へ、陛下……。陛下は、お、お怒りだったんですね？」

恐る恐るといった様子で、狼公爵が口を開く。

皇帝はおやおやといった様子で、狼公爵に流し目を送った。

「気付いていなかったのかい？　私の同胞が弄《もてあそ》ばれて、捨てられたのだよ。しかも、あの娘は妊娠していたというじゃないか。『八聖公家』の誰もがほとんど子どもを産めなくなった現状からすると、妊娠は一族を挙げて祝福すべきことだというのに、あの娘は捨てられた。その張本人である男の妹だよ。なぜ私が彼女を許すと思う？　そして、何のためにわざわざ私の隣に呼び寄せると思う？　……ふふ、彼女と顔を合わせた時、私は一体どんな気持ちになって、どんなことをするのだろうね？」

そう発言した皇帝の瞳が、黒から金に変わっていた。

ああ、これはまずい。

自分たちが手に負える案件ではないと、同席していた公爵たちは心の中で呻《うめ》いた。

久方ぶりに、皇帝は本気でお怒りだ。

「お、お任せします！　全てを陛下にお任せします!!」

初めに狼公爵が、全権委任という名の下、逃げを打った。

「あ、お前、卑怯《ひきょう》だぞ！　この狼……」

仲間に苦情を言いかけていた孔雀公爵は、皇帝と目が合ってしまい全身を硬直させる。

「こ、……この狼の言う通り、僕も全て陛下のおっしゃる通りに行動します。はい、それが一番いいです」

孔雀公爵も簡単に陥落する。

その後は、公爵たちが先を競って皇帝に迎合することで終わりを迎えた。

皇帝はそんな公爵たちを満足した様子で眺めると、にやりと笑う。

「では、皆の合意が得られたようなので、私は王国王女を皇妃に迎えよう。ふふ、皆で歓待しないとね？」

美しく微笑む皇帝を見て、公爵たちは思った。

ああ、未来の皇妃はかわいそうに。

自分たちが王女に対して反感を覚えていたにもかかわらず、彼らはその瞬間、王国王女に同情したのだった。

# 3 帝国の花嫁

馬車から下りた私は、転移門の前に立つと、護衛として付いてきてくれた騎士たちを振り返った。

今日の私は淡い色のドレスに頭からベールを被《かぶ》っており、普段、彼らが見慣れている騎士服姿ではなかったけれど、誰一人気にする様子はなかった。

騎士たちはそれどころではないようで、全員が私の輿入《こしい》れに納得していない表情をしていたのだ。

騎士たちにとって、私は強力な仲間であり、従うべき指揮官であると同時に、幼い頃から面倒を見てきた庇護《ひご》すべき娘でもある。

だから、彼らは私の嫁入りを、まるで我がことのように憤ってくれているのだ。

「万が一の話ですが、もしもザルデイン帝国がカティア様を不幸にしたら、オレたちは絶対にあの国を許しませんから!!」

「その時はどんな方法でもいいのでお知らせください！　オレたちは疾風のように駆けつけ、必ずやカティア様を我が国に連れ戻してみせます!!」

いつだって実直で、自分の感情を素直に表現してくれる騎士たちを見て、私の顔に笑みが浮かぶ。

ああ、私は彼らが大好きだわ。

私が帝国に嫁ぐだけで彼らを守れるのだとしたら、安いものじゃないの。

私は自分自身に彼ら全《すべ》てを守れるほどの価値があることに感謝した。

「ええ、その時はサファライヌ神聖王国の騎士団の実力を見せてやりましょうね！」

私は勇ましいことを言うと、騎士たちとともに笑い合ったのだった。


その後、騎士たちに見送られながら、私は一人で転移門をくぐった。

サファライヌ神聖王国は島国のため、交易や移動の手段は船が基本だけれど、王族や高位貴族の移動には転移門を使用する。

この門を使用すると、一瞬にして別の場所に移動することができ、今回の移動場所はザルデイン帝国との国境に定められていた。

新たな地に降り立った瞬間、私は不思議な感覚を覚える。

まるで故郷に帰ってきたような、心から安心できる不思議な感覚だ。

「まあ、緊張のあまり混乱しているのかしら。むしろ故郷から知らない場所に来たというのに、懐かしさを覚えるなんて……」

一体どういうことかしらと顔に手を当てたところで、頬が濡《ぬ》れていることに気付く。

「えっ？」

どうやら気付かないうちに、泣いていたようだ。

どうして涙が出たのかしら、と不思議に思いながら目を瞬《またた》かせていると、聞いたこともないような美声が響いた。

「涙を流すとは、王女殿下は我が帝国の地を踏んだことに感激されたようだな」

それは背筋《せすじ》をぞくりとさせるような、否応なしに心をかき乱す魅惑的な声だった。

驚いて顔を上げると、見たこともないほど整った顔立ちの男性が、少し離れた場所に立って私を見つめていた。

これまで私が知っていた一番の美形はヒューバートだったけれど、全然レベルが違う。

その男性は、『これが完璧な造作だ』と教えるために存在するような、全てのパーツが完璧に整った美貌の主だった。

少し長めの艶《つや》やかな黒髪が白い肌を彩り、彫りの深い顔立ちを際立たせている。

黒髪の下からは、同じく黒い瞳が覗《のぞ》いているのだけど、まるで黒ダイヤのようにきらきらと輝いていた。

世の中にはこれほどの美形がいるのだわと驚愕《きょうがく》しながら見上げたところで、その男性が滅多にないほど豪奢《ごうしゃ》な衣装を身に着けていることに気付く。

さらに、その男性がその場を支配するような圧倒的な覇気を纏《まと》っていたため、即座に誰であるのかを理解した。

ザルデイン帝国の皇帝だ。

どうしてこんなところにいるのかしらと思いながら辺りを見回すと、そこは広場で、彼の周囲には多くの側近や騎士らしき者たちが、さらにその周りには国民が大勢集まっていた。

どうやら転移門をくぐった先は、聞いていた帝国国境ではなく、帝国内の広場に変更になったらしい。

一体どういうことかしらと戸惑ったけれど、すぐに答えが頭に浮かんだ。

恐らく、皇帝は帝国民に私を紹介する場を設けたのだろう。

私がザルデイン帝国の皇帝に嫁ぐことを、サファライヌ神聖王国の民が受け入れがたかったように、帝国民にとってひ弱な人間族を皇妃として迎えるのは、受け入れがたいことのはずだ。

だから、皇帝は自ら私を出迎えることで、国民に私を認めさせようとしているのじゃないだろうか。

『皇帝自らが出迎える相手なのだから、たとえ人間族であっても皇妃として受け入れるべきだ』、と。

私は皇帝の婚約者候補を不幸にした者の妹だから、皇帝から憎まれていると思ったけれど、そんな私を受け入れる雰囲気を作ってくれるつもりかしら。

皇帝の考えが分からずに首を傾《かし》げたところで、頭に被っていたベールがはらりと落ちた。

同時に、頭の上でまとめていた髪もほどけたようで、腰まであるピンク色の髪がふわりとその場に広がった。

しまったと思いながらベールに手を伸ばしたけれど、周りの人々に気を取られてしまい、その手は空《くう》を掴《つか》んだだけだった。

なぜならその瞬間――どういうわけか、その場の雰囲気が一変したからだ。

皇帝も、彼の側近も、騎士も、国民も、全員が雷に打たれたように体を硬直させ、息を呑《の》んだのだ。

一体どうしたのかしらと戸惑って周りを見回すと、国民は信じられないものを見たとばかりに目を見開いて私を凝視していた。

一方の皇帝と側近たちは、憎々し気に私を睨《にら》みつけている。

皆の反応が想定外すぎて、また、反応が大きすぎて、何が起こっているのかさっぱり分からない。

けれど、いつまでも立ち尽くしているわけにはいかず、私は外交の基本である穏やかな笑みを浮かべた。

せっかく皇帝が私を紹介する機会を設けてくれたのだから、最大限に利用しようと思ったのだ。

そして、この場で私にできる最大のことは、友好的な笑みを浮かべて、私は決して敵にならないのだと示すことだ。

私は背筋を伸ばすと、笑顔で皆を見回した。

すると、集まった人々は顔を赤らめ、動揺した様子でよろよろと後ろに下がる。

どうして私が笑みを浮かべただけで皆は動揺するのかしら、と不思議に思ったけれど、私は表情に出すことなく、優雅な仕草でドレスを摘まむと、最上級に丁寧《ていねい》な礼をとった。

それから、そのままの姿勢で三秒数えると顔を上げ、満面の笑みを浮かべる。

続けて、完璧なザルデイン帝国語を口にした。

「初めまして、エッカルト皇帝陛下、並びにザルデイン帝国国民の皆様。サファライヌ神聖王国のカティア・サファライヌです」

これで私が友好的であることを少しでも分かってもらえればいいのだけど、と周りを見回すと、どういうわけか国民の全員が顔を真っ赤にして私を見つめていた。

「えっ？」

思っていた反応と全然違うわね。

国民の三割くらいが反発し、残り七割は無関心な態度を取るのかと思ったけれど、全員が私に友好的に見えるわよ。

というか、まるで私を見て興奮しているようだわ。

そう思ったのはあながち間違いでもなかったらしく、次の瞬間、どっと歓声が沸いた。

国民は興奮した様子で両手を打ち鳴らすと、これでもかと騒ぎ立て始めたのだ。

「わあああ、万歳！　新しい皇妃様、万歳!!」

「何てことだ！　我が国は最高のお妃《きさき》様を迎えることになるぞ!!」

「信じられない、今日は最高の日だあぁ!!」

どういうわけか国民は頬を紅潮させ、歓喜の表情を浮かべると、私を歓迎する言葉を叫び始めたのだ。


帝国民の全員が興奮し、全力で歓迎の言葉を叫ぶ様子を見て、私は目を丸くした。

私が笑顔で挨拶《あいさつ》をしただけで、人間族に嫌悪感を持っている帝国民が軟化し、歓迎してくれるとはとても思えなかったからだ。

目の前で「皇妃様！　皇妃様！」と皇妃コールが始まったことに戸惑っていると、皇帝が近付いてきて私の前で立ち止まった。

少し離れた場所にいただけでも、隠しようもない覇気と類を見ない美貌に圧倒されたけど、近くで見るとその迫力は桁違いだ。

顔が整いすぎているため、まるで芸術品のように見え、生きて動いていることが不思議なことに思える。

瞬《まばた》きもせずに見つめていると、その美しい唇が動き、背筋をぞくりとさせるような美声を紡《つむ》ぎ出した。

「君は豪胆だな」

「えっ？」

豪胆？　周りが騒がしいから、聞き間違えたのかしら。

集まった人々はこれでもかとはやし立てており、辺りは騒然としていたため、私は皇帝の声を正しく聞き取ろうと彼の言葉に集中する。

「たった一人で、文化も言語も種族も異なる国に来たのだ。さぞや不安になり、怯《おび》えているかと思ったが、まさか初手で国民を魅了しにかかるとは思いもしなかった」

皇帝は手を伸ばしてきて私の手を掴むと、確認するようにぎゅっと握った。

その瞬間、国民は目の前で皇帝夫婦のロマンスが始まったと、顔を赤らめてさらにはやし立てる。

けれど、皇帝にそんなつもりはないようで、低い声で感心したように告げてきた。

「これっぽっちも震えていないとは、本当に傑物だ。私はとんでもない妃を迎えることになりそうだな」

皇帝の表情は先ほどまでの憎々し気なものと異なり、穏やかなものになっていた。

口調も淡々としていたけれど、先ほど目にした激しい感情が一瞬で消えてなくなるとは考えづらい。

そう思ってじっと見上げたところ、先ほど見た時とは瞳の色が異なっていることに気が付いた。

「……金？」

光の加減なのか、皇帝の黒かった瞳が金色に見える。

思わず呟《つぶや》くと、皇帝ははっとした様子で、片手で目元を覆った。

どういう仕組みなのか、次に皇帝が目元から手を離した時、その瞳は黒に戻っていた。

困惑して見つめていると、皇帝が私の手を取って歩き始める。

その動作を見て、どうやら人前では丁重に扱ってもらえるようだと安心した。

すぐに彼の側近たちが――――恐らく『八聖公家』と呼ばれる彼に忠実な八人の公爵たちが、皇帝を守るように私たちの後ろをぴたりと付いてくる。

皇帝は私を屋根のない馬車に乗せると、自分も隣に座った。

狭い空間の中で皇帝と二人きりになったように見えるけれど、公爵たちが馬に乗り、馬車の周りを囲んできたので、実際には二人きりとは程遠いだろう。

私の動向は公爵たちに見張られているだろうし、獣人族は耳がいいと聞いているので、きっと会話も聞かれているはずだ。

――――ザルディン帝国に嫁ぐにあたって、できる限り皇帝のことを事前に調べた。

けれど、元々、帝国とは交流がなかったこともあり、皇帝について多くの情報を集めることはできなかった。

分かった主なことは、ドドリー大陸で序列ナンバー1《ワン》の獣人国の皇帝位に若くして就いたことと、皇帝が有能で冷酷だと噂《うわさ》されていることくらいだ。

私の隣に座った皇帝は穏やかな表情を浮かべているけれど、先ほど見た憎々し気な眼差《まなざ》しを忘れることができない。

きっと、皇帝の本質は苛烈《かれつ》なのだろう。

けれど、彼は物事を上手《うま》く進めるために、その感情を隠すことができるのだ。

恐らく、皇帝は私の兄が彼の元婚約者候補を不幸にしたことを許していないし、私のことをよくも思っていない。

獣人族は一族の結びつきが強く、賞も罰も一族全員で受け入れる慣習があるという。

だから、兄の罪は私も一緒に被るものだと、この国の者は考えているだろうし、そもそも私は兄の不始末の代償として皇帝に嫁ぐためにこの国に来たのだ。

私はよく言っても人質のようなものだろうけれど、皇帝は人前で私を尊重する態度を見せてくれた。

恐らく、二国間が正面から争うことを望んではいないのだろう。

そうであれば、私のことは表では尊重しながら、陰でじっくりといたぶるつもりじゃないだろうか。少なくとも、皇帝が私に激しい怒りを覚えていることは明らかなのだから。

ああ、困ったわ。一体どう行動したら、私は皇帝の怒りを和《やわ》らげることができるのかしら。

そして、母国であるサファライヌ神聖王国を守ることができるのだろう。

私がこの国で大事にされないことを知りながら、人身御供《ひとみごくう》として帝国に送り出した母国の重臣たちには腹が立つけれど、それでもあの国には私の大切な人たちが住んでいる。

どうしたって私には、あの国の民を見捨てることはできないのだ。

だから、私は帝国と母国が争わないよう努力しなければいけないし、そのためには皇帝と和《なご》やかな関係を作る必要があるわよね考えていると、皇帝が口を開いた。

「自己紹介がまだだったな。君の夫となるエッカルト・パンター・ザルデインだ」

「カティア・サファライヌです。どうぞよろしくお願いします」

皇帝が名前を名乗ってくれたことにほっとする。

よかった、どうやら最低限の会話はしてくれるようだわ。

私は友好的な笑みを浮かべると、エッカルト皇帝に話しかけた。

「偉大なるザルデイン帝国の皇帝陛下に嫁ぐにあたって、この国について学んできました。しかし、不十分なところもあるはずです。私に不手際があれば、その都度ご指摘いただければ幸いです。それから、よろしければ私のことはカティアとお呼びください」

皇帝は頷《うなず》いた後、尋ねるように首を傾ける。

「私も事前に君のことを知ろうとしたが、不明な点がいくつかあった」

「はい、何なりとお尋ねください」

相互理解は大切だと思いながら、私は大きく頷いた。

エッカルト皇帝からは無視され、放置されることも覚悟していたのだから、私に興味を持ってくれるだけでもありがたいわ。

「君はサファライヌ神聖王国で騎士団トップの職位にあったと聞いている。それから、二つ名持ちの魔法使いだと。事実か？」

皇帝が発したのは、私が私であるための根幹についての質問だったため、虚を突かれる。

それから、獣人族である皇帝にどのように答えるのが正解かしら、と考えた。

ザルデイン帝国に嫁ぐにあたって、出来得る限り獣人族の文化や風習、彼らの気質に関する本を読んできた。

しかし、古い本が多かったため、正確な情報を入手することができなかった。

だから、私は自分が見たものや感じたものの中で、彼らの気質を判断しなければならないのだけれど、……獣人族の国といいながら、広場に集まった人々を見た限り、それらの特徴を受け継いでいる者は一人もいなかった。

古い本に書かれていたような、獣の耳や尻尾《しっぽ》を持った者はもちろん、獣の形態をした二足歩行の者が一人も見当たらなかったのだ。

ということは、本にあった『力こそが獣人族の信じる全てで、謙遜や遠慮は理解不能』という性質は昔のものではないだろうか。

そう考えた私は、これまで暮らしてきたサファライヌ神聖王国を基準にして、常識的な行動を取った。

淑《しと》やかな表情を浮かべると、言われたことに対して謙遜したのだ。

「陛下がおっしゃられた職位と称号が、サファライヌ神聖王国で私に与えられていたことは事実です。けれど、騎士団総長という職位も、魔女としての称号も、周りの者たちの力添えと、王女という身分に対して与えられたものですわ」

実際には、騎士団における私の十年の努力と、その間に築き上げた信頼と実績により認められた総長職就任だったし、六歳の時に発現した魔法の能力と、その後の血のにじむような努力の結果獲得した『破滅の魔女』の称号だった。

けれど、まさか『その通りです！　私が騎士団で一番強かったため騎士団総長になりました！　それから、国で一番強い魔法使いだったため、魔法使いとして最高の称号を手に入れました!!』などと言えるわけがない。

初対面でそのようなことを言えば、ごく一般的な感覚を持っている相手であれば、『自己顕示欲の強い威張りん坊！』と蔑まれることは間違いないだろうから。

だから、私は淑やかな表情を浮かべると、これでもかと謙遜したのだけれど――――結論から言うと、私の応対は誤りだった。

私はこれっぽっちも謙遜することなく、魔法で馬車の一部でも吹き飛ばし、「この通りの実力だ！　信じられないのなら、この広場ごと魔法で吹き飛ばすぞ!!」と恫喝《どうかつ》すべきだったのだ。

なぜならそれが、獣人族のやり方だったから。

けれど、私は淑女らしく控えめな微笑を浮かべて謙遜しただけだったから——その場にいた皇帝を始め、私たちの会話を盗み聞いていた公爵たちは誤解した。

獣人たちに謙遜という概念はないし、事前に私の悪い噂を散々聞いていたから、私の言葉をそのまま信じたのだ。

『王国王女は実力の伴わない、噂通りの姫君である』、と。

その結果、ザルディン帝国の公爵たち全員から、私はなめられることになったのだ。


その後、私たちは馬車で、皇帝の住まいである皇宮まで移動した。

沿道に集まってくれた国民は変わらず歓迎ムードで、私が微笑《ほほえ》み手を振るだけで、大歓声を上げてくれる。

そんな国民の様子を見て、さすがにこれはおかしい、いくら何でも歓迎されすぎじゃないかしらと、遅まきながら疑問が湧いた。

そもそも獣人族は力を尊ぶ種族だから、肉体的に虚弱な人間族を馬鹿《ばか》にしているはずだ。

そのため、私が獣人族の皇帝に嫁いでくること自体が腹立たしいことだろうに、なぜ歓迎してくれるのかしら。

不思議に思って目を瞬かせていると、皇帝が疑問に答えてくれた。

「国民は君の外見に興奮しているのだ」

「私の外見に興奮するんですって？」

美人だった母に似ていると言われるため、私はそれなりに美人のはずだ。

でも、国民の熱狂ぶりは、とても『それなり美人』を見た時の反応ではない。

「まあ、もしかしたら私の外見は帝国民の好みにどんぴしゃりで、この国で私は『とんでもない美人』になってしまうんですか⁉」

ぱああっと顔を輝かせていると、皇帝は若干引いた様子を見せた。

「……それは本気で言っているのか？　それとも、君の外見を褒める言葉が不足していると、私に婉曲《えんきょく》な嫌味を言っているのか？　できれば、後者であってほしいが」

「婉曲な嫌味？」

一体何を言っているのかしらと首を傾げると、皇帝はため息をついた。

「……前者か。もちろん国民は君の顔立ちにではなく、ピンク色の髪に興奮しているのだ」

「ピンク色の髪？」

聞き返すと、皇帝は唇を歪《ゆが》めた。

まるで私が既に知っていることを、敢えて聞いてきたといわんばかりに。

「この大陸の者たちにとって、君の髪色は特別だ。君は魔法使いとして『破滅の魔女』という称号を手に入れたようだが、このドドリー大陸にも『魔女』についての言い伝えがある」

そう言うと、皇帝は一つのフレーズを口にした。

「『魔女』はピンク色の髪に赤い瞳を持つ『はじまりの種族』で、全てに祝福を与える存在なり」

「あっ」

私は咄嗟《とっさ》に両手を上げると、腰まである長いピンク色の髪に触れる。

――この世界において、ピンク色の髪はものすごく珍しい。

母国であるサファライヌ神聖王国でも、ピンク色の髪の者は私以外一人もいなかったくらいだ。

なるほど、国民は珍しい私の髪色に興奮したのね。

納得して頷いていると、エッカルト皇帝は皮肉気に唇を歪めた。

「人間族は『魔法を使える女性』を『魔女』と呼ぶが、この大陸ではピンク色の髪に赤い瞳を持つ者のことを指すのだ。ドドリー大陸の者であれば、国・種族に関係なく、誰もが魔女を崇拝している」

確かに皇帝が説明してくれたことと同じような話が、帝国の歴史について記された本に書いてあった。

なるほど、大陸全体で崇拝している魔女と私の髪色が同じだから、国民は歓迎してくれたのね。

でも……。

「魔女は遠い昔に滅んでしまったと、本で読みました」

「その通りだ。しかし、魔女は慈悲深い一族だから、私たちが困った時には必ず復活し、救ってくれると誰もが信じている」

滅びてしまった一族が復活するなんてことがあり得るのだろうか。

「陛下もいつの日か、魔女が復活すると信じているんですか？」

エッカルト皇帝とは出会ってわずかな時間しか経《た》っていないけれど、とてもそんな非現実的なことを信じるタイプには見えない。

そう思っての質問だったけれど、私の予想は裏切られ、皇帝は当然だとばかりに頷いた。

「私は魔女に心臓を捧《ささ》げている。彼女が死ねと言ったら死ぬし、彼女が現れたら全てを捧げるだろう」

きっぱりそう言い切ると、エッカルト皇帝は厳しい表情で私を見つめてきた。

「ザルデイン帝国は獣人族の国だ。私たちは強靭《きょうじん》な肉体を誇りに思っているし、肉体は祖先から与えられた大事なものだから、決して弄《いじ》ったりしない。だから、国民は君のピンク色の髪を自然のものだと考えて、魔女に縁ある者だと熱烈に歓迎したのだ」

皇帝の口調から、彼が私のピンク色の髪を染色したものだと考えていることに気付き、慌てて訂正する。

「私のピンクの髪色は自然のものです」

「……君は生まれた時、金色の髪だったと聞いている」

それは事実だ。生まれてきた時、私は金髪碧眼《へきがん》だった。

けれど、途中で髪色がピンクに変化したのだ。

「六歳の時に、金からピンクに髪色が変化したんです」

皇帝は唇を歪めた。

「君の家系で、ピンクの髪だった者が他にいるのか？」

「……いいえ、私だけです」

「君の国には？」

「……それも、私だけです」

「そうか」

皇帝の返事はイエスともノーとも断定するものではなかったけれど、私の髪は染色したものだと考えていることが見て取れた。

その証拠に、皇帝は不快そうに顔を歪めると、警告するような声を出す。

「君が想像する以上に私たちは魔女を崇拝している。魔女は決して汚してはならない神聖な存在なのだ。偽物が魔女を模すのは不快でしかないから、決して魔女を真似《まね》するものではない」

それは髪色をピンクから元の色に戻すようにとの命令だった。

皇帝のぴりりとした雰囲気を感じ取り、先ほど彼が少し離れた場所から、私を射殺さんばかりに激しい眼差しで見つめていたことを思い出す。

あれは私の髪を隠していたベールが滑り落ち、ピンク色の髪が露《あら》わになった瞬間だった。

私のピンクの髪色を見た皇帝や彼の側近たちは、魔女の人気にあやかるために私が髪を染めたのだと考えて、怒りを覚えたのだろう。

先ほどから、エッカルト皇帝が穏やかな表情を取り繕えなくなるのは、魔女に関する話題のみだ。

それほど大事に思っていることで誤解されたくないと思ったものの、この場でピンク色の髪が地毛だと示す方法はなかった。

そのため、せめてこの刺々《とげとげ》しい雰囲気だけでも和らげようと、私は話題を変えることにした。

というか、この二人きりの機会を逃さず深く頭を下げた。

「エッカルト陛下、このような場で申し上げることではないのでしょうが、謝罪をさせてください。兄が不始末をしでかしたことに対し、心からお詫《わ》び申し上げます。お亡くなりになられたエーファ・ファルケ公爵令嬢及びお子様に対し、心からのご冥福をお祈りいたします」

「……顔を上げてくれ。国民から何事かと思われる」

そのまま頭を下げ続けていると、頭上から感情の乗らぬ声が降ってきた。

私ははっとして顔を上げると、そうだった、私は屋根のない馬車でパレードをしている最中だったわと現状を思い出す。

馬車の両側に並んでいる国民を意識したのか、エッカルト皇帝の表情に怒りは見られなかったけれど、瞳の奥に抑えきれない激情が燃えていた。

それも当然だろう。

エッカルト皇帝は皇妃候補だった令嬢を亡くしたのだから、私の安い謝罪一つで全てを許せるはずがない。

それなのに、私がパレードの最中に謝罪したため、彼が許すしかない耳目の多い場所を選んだのだと腹立たしさを覚えたのだろう。

不思議なことに、皇帝が私に対して激しい憎しみを覚えている姿を目の当たりにしたことで、彼を尊敬する気持ちが湧いてくる。

獣人族を率いる立場にある者として、一族の者を不当に扱われたことに怒りを覚える彼を立派だと思ったのだ。

そのため、私は感情のままに、胸の内にある思いを言葉にした。

「私は不始末をしでかした者の一族として、いつか必ずあなたに贖罪《しょくざい》します。『破滅の魔女』の名のもとに約束します」

先ほどから何度も、皇帝は私に魔女を模すなと警告していたのだから、私がここで魔女を名乗ることは悪手だったかもしれない。

けれど、私はどうしても、私が持っている最高の称号のもとに、皇帝に約束したくなったのだ。

私の気持ちを知らない皇帝は、彼の中の怒りを抑えつけようとでもするように目を瞑《つぶ》った。

その姿を見て、これ以上は踏み込まない方がいいようね、と皇帝から視線を外す。

それから、私は再び街路に視線を移すと、国民に向けて手を振り始めたのだった。

馬車で国民の間をパレードした後、私たちは皇宮の敷地に入った。

国民に手を振っている間に、エッカルト皇帝は落ち着きを取り戻したようで、その顔には再び穏やかな表情が浮かんでいた。

高くそびえたつ大門をくぐり、皇宮の敷地に入った途端、私はなぜか既視感を覚える。

初めて来た場所だというのに、見覚えがあるような気がしたのだ。

「私はこの場所を知っているわ……」

思わず呟いたところで、夢で見た景色であることに気が付く。

私は幼い頃からずっと、知らない場所を夢で見続けてきたのだけど、それがこの庭だったのだ。

驚いて目を丸くしていると、皇帝が皮肉気な声を出した。

「なるほど、君は策略家だな。そのピンク色の髪と清純な笑みで帝国民を虜《とりこ》にし、今度は私に対して運命を演出しようとしている」

どうやら皇帝は、私が彼の気を引くために、作り話をしていると思ったようだ。

けれど、彼がそう考えるのは当然だろう。

私がこの国を訪れるのは初めてのため、皇宮を知っているはずはないのだから。

馬車が進むにつれ、小高い丘のようになった場所や、たくさんの樹が密集している場所が現れた。

それらの全てに見覚えがあるような気がしたけれど、色とりどりの花が植えられた花壇が現れたところで首を傾げる。

「どうした？」

「ここに池があると思ったんです」

疑問に思ったことをそのまま答えると、皇帝は唇を歪めた。

「どうやら君が調べた地図は古かったようだな。この場所に池があったのは百年前までのことだ」

「……そうなんですね」

どうやら皇帝は、私が皇宮の地図を事前に見て、さも知っている場所のように演出していると思ったようだ。

そう考えるのは仕方がないことだけど、もちろん私はそんなことをしていない。

ただ、この皇宮の庭を幼い頃からずっと夢で見ていたことを不思議に思っただけだ――しかも、現在の庭ではなく百年以上前のこの場所を。

建物内に入ったところで、皇帝の侍従らしき者が慌てた様子で走り込んできた。

「へ、陛下、一大事です！」

「どうした」

鋭い視線を向ける皇帝に対し、侍従は興奮した様子で一気に告げる。

「に、二百年もの間咲かなかった桃夢花《とうむか》が、皇宮の庭に咲きました!!」

皇帝が返事をする前に、反対側から走り込んできた別の侍従が新たな報告をする。

「陛下、とんでもないことが起こりました！　聖鳥が……魔女様にしか懐《なつ》かないと言われている聖鳥が、皇宮の庭で鳴いています!!」

そこで初めて侍従たちは私の存在に気付いたようで、衝撃を受けたように大きく目を見開いた。

「ピ、ピンク色の髪!!　ま、魔女様!!」

それから、二人は蕩《とろ》けそうな表情を浮かべた。

「ああ、ああ、そういうことですか！　魔女様を歓迎して、皇宮の庭に桃夢花が咲いたのですね!!」

「ええ、ええ、聖鳥が嬉《うれ》しくてさえずるはずです!!」

態度を一変させた侍従たちの姿を見た皇帝は、皮肉気に唇を歪めた。

「お前たちですらそんな勘違いをするのだな。よく見ろ。彼女の瞳は青だ。赤ではない」

「はっ？　あ！　……ああ！　そ、その通りですね!!」

「し、しかし、この見事なピンク色の髪は……やはり魔女様に連なるご存在ではないのですか!?」

「魔女を待ち望む気持ちが強すぎて、どうしても魔女に連なる者だと考えたいようだな」

皇帝は侍従たちに向かってそう言うと、腕を組んで私を見下ろした。

「本当に大した手腕だな！　大昔に魔女が植えたと言われる桃夢花が咲き、魔女の使い魔である聖鳥がさえずったただと？　君は偶然を引き寄せる強運の持ち主なのか。それとも、その髪色で皇宮の花や鳥ですら誑《たぶら》かしたのか」

猜疑《さいぎ》心を露わにする皇帝に、私はにこりと微笑みかけた。

「どうでしょうね？　私はあなたの妃になるのです。末永くお付き合いいただくことになりますから、生涯をかけて答えを出してください」

その後、皇帝と別れ、自室に案内された私は、ベッドの上にぼふりと倒れ込んだ。

「……エッカルト皇帝は切れ者ね」

ぼそりと呟く。

私は観察眼が優れている方だと自負していたけど、皇帝と一緒にいた間、彼が何を考えているのかほとんど分からなかった。

「あのタイプは腹の中で何を考えているか分からないからやっかいだわ」

だから、気を付けないといけないわね。

そう決意しながら、体を起こしてベッドの上に座り込む。

それから、私は勢い込んで独《ひと》り言《ご》ちた。

「それにしても、皇帝はびっくりするほど美形だったわ！　どうしてこれほどのイケメンだってことを、事前に誰も教えてくれなかったのかしら⁉」

もちろん、ろくに交流もない国だったから、情報が上手く伝達されなかったというのもあるのだろうけど、我が国の重臣たちにとって、皇帝がイケメンだという情報はどうでもいいものだったため、積極的に収集しなかったのだろう。

私は手を伸ばして近くにあるクッションを掴むと、ぎゅううっと抱きしめる。

「相手の人となりを把握するのに、顔の美醜は重要だわ！　推測するに、皇帝はあれほどイケメンなのだから、これまでたくさんの恋人がいたはずよ」

何の根拠もない推測だけど、当たっているような気がする。

「ということは、私がちょっとくらい好意を示しても、皇帝が本気にすることはないわよね。あれほどのイケメンなら、女性から言い寄られることなんて日常茶飯事でしょうし」

そもそも私は彼の一族を不幸にした者の妹として嫌われているし、国民を誑かそうとしていると疑われているのよね。

「ヒューバートで男性は懲りたから、もう二度と恋をする気はなかったけれど、そう考えればエッカルト皇帝は最高の相手だわ」

ヒューバートとは結婚間近だったにもかかわらず、彼はあっさり私を捨てたうえ、あまつさえ帝国に人身御供として差し出したのだ。

一番信用していたヒューバートですらこうなのだから、他の男性なんて推して知るべしだろう。

「エッカルト皇帝ほどの美形であれば、相手には不自由しないだろうから、私が何をしたとしても恋愛に発展することはないはずよ。わざわざ憎い私なんて、相手にしないでしょうから」

けれど、結婚相手に憎まれ続ける生活も疲れるわよね。

エッカルト皇帝は私の髪が染色されたものだと考えてご立腹だけど、この髪は地毛だから、その誤解が解けたら少しは仲良くなれるかしら。

少し考えた後、何にせよできるだけのことをやるしかないわ、という結論に達する。

そのため、私はぐっと両手で拳を作った。

「よし、やるわよ！」

私がやるべきことは、サファライヌ神聖王国とザルデイン帝国の友好を保つことだ。

そのためには、皇帝と私が仲良くなることが肝要だ。

だから……今後、私はエッカルト皇帝に好意を示し続けることにしよう。

彼をうっとりと見つめたり、「好きだ」と何度も口にしたりするのだ。

好意を示す私を見たら、国民はザルデイン帝国の皇帝夫妻は仲がいいと考えるだろうし、一方の皇帝は言い寄られることなんて慣れているはずだから、私の言葉を本気にすることはないだろう。

そして、好意を示し続ける相手を嫌うことは難しいから、いつか皇帝との間に友情のようなものが育まれるかもしれない。

「ふふ、いけるかもしれないわ！」

私は一方的に未来の計画を立てると、にまりと笑ったけれど……その時なぜか、エッカルト皇帝と別れた時の彼の表情を思い出した。

『どうでしょうね？　私はあなたの妃になるのです。末永くお付き合いいただくことになりますから、生涯をかけて答えを出してください』

私がそう言った時、驚いた様子で目を見開き、頬を赤らめた皇帝の姿を。

「……まさかあれほどのイケメンが、私ごときの言葉に影響を受けたわけはないわよね」

夢を見すぎだわ、と一笑に付した私だったけれど……なぜかその日の晩の眠りに落ちる瞬間、頬を赤らめた皇帝の姿がもう一度、頭の中に浮かんできたのだった。

# 4 狼《おおかみ》公爵ジークムント

「これはこれはお姫様！　今日もご機嫌麗《うるわ》しいようですね」

朝食を食べようと皇宮の朝食室に足を踏み入れた途端、狼公爵ことジークムント・ヴォルフ公爵から嫌味交じりの声を掛けられた。

彼は浅黒い肌に青銀の髪を持つ、彫りの深い顔立ちをした二十六歳の公爵だ。

皇帝に次ぐ実力者である『八聖公家』のナンバー7《セブン》でもある。

（注：『八聖公家』のメンバーである八人の公爵たちは、ナンバー1《ワン》からナンバー8《エイト》まで序列がついているらしい）

ジークムントが嫌味を言ってくるのはいつものことだったので、私はにこりと笑みを浮かべた。

「ええ、そうね。朝一番にあなたの顔を見られたから、ご機嫌なのかもしれないわ」

私の言葉を聞いたジークムントはむっとしたように顔をしかめ、同時に孔雀公爵ことルッツ・プファウ公爵が吹き出した。

ルッツは虹色の髪を持つ白皙《はくせき》の美少年で、『八聖公家』の一人と言われてもにわかには信じられないほど年若い姿をしている。ちなみに、ナンバー8だ。

「あはははは、ジークムント、お前は本当に婚約者様が好きだな！　毎朝、やり返されることが分かっていながら、絡むことをやめられないんだから」

私は澄ました顔でテーブルに近付くと、既に席についていたジークムントとルッツの向かい側に座った。

すると、それが合図になったようで、給仕係が朝食をサーブし始め、朝食がスタートする。

私は目の前に座るジークムントとルッツの二人を見ながら、ほっと小さなため息をついた。


――――私が帝国に移ってきて、三週間が経過した。

その間に分かったことは、皇帝の下にいる『八聖公家』と呼ばれる八人の公爵たちは、皇帝に心からの忠誠を誓っているということだ。

また、獣人族と一口に言っても、それぞれベースとなる獣の形があるらしく、たとえば狼公爵は狼が、孔雀公爵は孔雀がベースになっているらしい。

そして、公爵たちはそれぞれ領地を与えられ、一族とともに領地に住んでいるのだけど、八人の公爵たちのうち一人以上は必ず王都にいて、皇帝の勅命を受けているとのことだった。

王都に留《とど》まる公爵たちは王宮に与えられた部屋で寝起きし、食事も王宮で取るので、自然と彼らと顔を合わせる機会が多くなる。

というよりも、エッカルト皇帝は忙しいらしく、週に一度くらいしか一緒に食事を取れないため、皇帝よりも公爵たちと頻繁に顔を合わせているのが実情だった。

ちなみに、現在王都に留まっている『八聖公家』のメンバーは、狼公爵と孔雀公爵の二人だ。

兄の元恋人だったエーファ・ファルケの兄も『八聖公家』のメンバーのため、会って直接謝罪したいと思ったものの、ファルケ公爵はさっさと領地に戻ってしまったため、未《いま》だその機会は訪れていなかった。

私は同じテーブルに着く二人の公爵をちらりと見やる。

すると、狼公爵は機嫌が悪そうな様子でお肉にかぶりついており、孔雀公爵は澄ました様子でサラダを食べていた。

それらの姿を見た私は、心の中でほっとため息をつく。

この一週間はずっと、狼公爵と孔雀公爵と一緒に食事を取っているけれど、毎回、狼公爵のジークムントが私に絡んでくるのが最近のお定まりとなっていた。

初対面の際、公爵たちからひしひしと敵意を感じたけれど、その筆頭がジークムントだ。

そして、分かりやすいことに、ジークムントはその後、私と顔を合わせるたびに嫌味を言ってきた。

言い返すのも面倒だったので、ジークムントの嫌味を聞き流していると、私には何を言っても平気だと思ったのか、彼の口調はどんどんぞんざいに、内容もより嫌味交じりのものになっていった。

正直に言って、毎回嫌味を言ってくるしつこさには閉口したけれど、ジークムントと一緒にいることは嫌でなかった。

なぜならジークムントの言動には裏表がないので、心の中で何を考えているのかしらと疑心暗鬼になる必要はなかったからだ。

それに、母国の兄と比べると悪意もゼロのようなものなので、兄の嫌味を聞き続けてきた私にとって、ちっとも気になるものではなかったからだ。

『皇帝の婚約者』でなく、未だ『サファライヌ神聖王国に連なる者』として「お姫様」と呼ぶことが、ジークムントの考え得る最高に嫌味な言葉だなんて、可愛《かわい》らしいではないか。

恐らく、ジークムントはきちんとした家庭で、大切に育てられたのだろう。

本人は無法者っぽく振る舞ってご満悦な様子だから、『立派なご家庭で大切に育てられたのね』なんて言ったら、心底嫌がるに違いないけど。

そう思いながら、侍女に食べきれなかったお皿を下げてもらっていると、ジークムントがじろりと私を睨《にら》みつけた。

「お姫様、また今朝もそれっぽっちしか食べないんですか？　はっきり言いますけど、お姫様は風が吹いただけで折れそうなほどか細いんですから、もう少し食べたらどうですか！　そんな骨っぽい体形、獣人族の男は嫌いですよ!!」

……すごく分かりにくいけど、これは私を心配してくれているのよね。

ジークムントが私を嫌っていることは間違いない。

けれど、『健康の基本は食事と運動』だと考えているジークムントは、相手が誰であれ、少食の者を心配するようだ。

「ジークムント、お前は知らないだろうが、人間族の中には女性は細ければ細いほどいいって文化があるんだよ」

なだめるようにルッツが言葉を差しはさむ。

一見すると、ルッツは私の味方をしてくれるように思えるけど、実際には一事が万事この調子で、私が誤った選択をするよう誘導しているのだ。

当然のことだけど、『八聖公家』の中に私の味方は一人もおらず、友好的に見えるかどうかは、私への嫌悪感を上手《うま》く隠すことができるかどうかの違いでしかない。

つまり、ルッツは表面を取り繕うことができるだけで、実際には他の公爵たち同様、内心では私のことを馬鹿《ばか》にしているし、何だって失敗するよう働きかけているのだ。

一方のジークムントは、私への嫌悪感を全《まった》く隠すことができないけれど、彼は私のためになろうがなるまいが関係なく、思ったことを全部言葉にする。

だから、実はジークムントの言葉が一番、私にとってこの国の常識を理解する役に立っているのだ。

そのジークムントは、不遜な態度で椅子に寄り掛かった。

「はっ、そんな文化、オレは知らねえよ！　というか、ここは獣人族の国だから、人間族の文化なんて通用するもんか!!」

ジークムントはそう言うと、大皿の上に盛られていた卵を取って、私の皿に載せた。

「今日のオレはいつもに比べたら用事が少ないんです。お姫様がその卵を全部食べたら、皇宮の庭を案内してあげますよ」

「まあ、約束よ」

卵は私の握りこぶしくらいの大きさだったため、半分に割ると、そのうちの一つを頬張り、もきゅもきゅと必死になって噛《か》み始める。

すると、ルッツが呆《あき》れた様子でジークムントを見やった。

「ホント、お前って手がかかる相手ほど面倒を見るよな！」

「なっ、面倒なんて見てねえよ！　どうせ誰かが案内しなきゃならないから、オレがやってやるってだけだ」

「うん、そうだね。その誰かが婚約者様を案内するのは一年後でも、十年後でもいいんだけど、今日お前がやるんだね。ご苦労様」

私は口の中の卵をごくりと飲み込むと、二人に尋ねる。

「皇宮の庭には、魔女に関する場所がたくさんあると聞いたわ。だから、それらの場所はエッカルト陛下か公爵と一緒でなければ入れないって」

「ええ、その通りです」

頷くルッツを見て、ふと公爵たちは魔女のことをどう思っているのかしらと興味が湧く。

「ちょっとお尋ねするけど、魔女はずっと昔に亡くなったのよね。それなのに、あなたたちにとって魔女は未だに敬うべき対象なの？」

ジークムントはむっとした様子で立ち上がると、そのような質問をされること自体が腹立たしいとばかりに声を張り上げた。

「魔女はオレたちにとって、神聖で不可侵なるご存在だ！　オレたちが今ここにあるのは、全て魔女のおかげだからな!!」

続けてルッツも、至極当然だとばかりに頷《うなず》く。

「魔女は最古の種族であり、はじまりの種族なのです。その御恩は僕たちの血と肉に刻み込まれています」

「……そうなのね」

二人の反応は、初日に見た皇帝のそれと似たようなものだったため、どうやら帝国の多くの者が心から魔女を崇拝しているようねとびっくりする。

獣人族というのは現実主義で、強大な力や立派な肉体といった、分かりやすいものにのみ魅力を感じるものだと思っていたけれど、どうやら魔女に関してはロマンチストのようだ。

大昔に滅びてしまった一族に対して、未だ心からの敬愛を捧《ささ》げているのだから。

皆の言葉から推測するに、魔女は獣人族や鬼人族といった種族の一つで、最古の種族でもあるのだろう。

だから、多くの種族は魔女の一族に影響を受けており、今日まで皆の中に魔女を崇拝する気持ちが残っているのに違いない。

「エッカルト陛下が以前、『魔女は慈悲深い一族だから、私たちが困った時には必ず復活し、救ってくれると誰もが信じている』と言っていたわ。これまで魔女が復活した事例はあるの？」

首を傾《かし》げながら尋ねると、ジークムントがじろりと私を睨みつけた。

「魔女はか弱い一族ですからね。何度かいなくなってしまい、オレたちを絶望に突き落としたことはありますよ。今だってそうですが、あくまで一時的なものです」

ルッツがしたり顔で茶々を入れる。

「しかし、仮に今、魔女が復活したとしても、ジークムントは絶対に魔女の側仕《そばづか》えにはしてもらえないだろうね。お前みたいなガサツな性格の者に世話をされたんじゃあ、魔女はあっという間に衰弱してしまうからな」

ジークムントはむっとした様子で、ルッツに言い返した。

「言っておくが、オレは何だってできるからな！　魔女にお仕えできるのであれば、性格くらい変えてやるよ!!」

激高するジークムントに対し、ルッツが呆れた様子で肩を竦《すく》める。

「今できないことは、将来だってできないんだよ。だったら、練習だと思って、今からそのガサツな性格を変えてみろよ。そうだな、たとえば婚約者様を魔女だと思って、大切に扱ってみるのはどうだ。ほら、同じピンク色の髪をしていることだし」

「ふざけるなよ、ルッツ！」

ジークムントはルッツに怒りを爆発させた後、勢いよく私の方を向いた。

「というか、お姫様、この際だから言いますけど、その髪色を元に戻したらどうですか⁉　染めているると分かっているのに、どうしてもその髪色を見ると心が弱くなってしまい、冷たくしきれないんですよ」

なるほど、ジークムントはもしも私がピンク以外の髪色にしたら、冷たくすると言っているのね。でも、はっきりそんなことを言われたら、誰だってピンクの髪色を保とうとするんじゃないかしら。

ルッツも同じように考えたようで、「お前のそれは婉曲《えんきょく》な要望なのか？　ピンクの髪色をそのままにしておけって、暗に言っているよな」と呆れた様子で反論し、再び言い合いに発展していた。

そんな二人を横目で見ながら、私は残り半分の卵を口の中に放り込む。

それから、これを食べ終えたら、ジークムントに庭を案内するという約束を果たしてもらうわと考えながら、もきゅもきゅと咀嚼《そしゃく》し続けたのだった。

# 5

## 皇宮の庭と魔女の遺跡

「お姫様の母国は古い歴史があるらしいですが、この帝国も負けちゃいませんよ！　この皇宮は何と、二百年も前に建てられたんですからね!!」

朝食の後、ジークムントは約束通り皇宮の庭を案内してくれた。

そして、彼はどの場所を回っても得意気な様子を見せた。

ジークムントの話によると、二百年前の皇妃は魔女だったらしく、当時の皇妃のために造られたのがこの皇宮らしい。

得意気なジークムントは少年みたいで可愛《かわい》らしかったため、彼をがっかりさせてはいけないと、母国であるサファライヌ神聖王国に三千年の歴史があることは黙っておく。

「この大陸には多くの古代遺跡が残っており、その一つがこの皇宮の下にあります」

「えっ、そうなの？」

驚いて地面を見下ろすと、ジークムントは自慢するような表情を浮かべた。

「ええ、そうです！　古代遺跡があるのは力がある場所ばかりですから、その上に重要な建物を建てるんです」

母国がある島には古代遺跡が一つもなかったため、興味深く聞いていると、ジークムントは威張るように胸を張った。

「古代遺跡は魔女の家なんです。魔女の一族は『はじまりの種族』ですから、遠い昔に彼女たちが古代遺跡を作り、そこで暮らしていたんです」

「魔女たちは地下に住んでいたってこと？」

「いえ、元々古代遺跡は地上にありました。しかし、魔女がいなくなってしまったので、全《すべ》て地下に沈んだんです」

「そんなことがあるのね」

古代遺跡は魔女のために存在していたから、役割を終えた後は地下に沈んだということだろうか。

「古代遺跡は地下に沈んでしまったので、誰もそこで暮らすことはできません。しかし、魔女にとって懐かしい場所だからと、二百年前の皇帝は皇妃となった魔女のために、古代遺跡の上に皇宮を作りました」

古代遺跡が地下に沈んだ時、魔女は既に死に絶えていたという話だった。

それなのに、二百年前に魔女が存在していたのは、新たな魔女が復活したということだろう。

けれど、現在では再び魔女がいなくなっている。

恐らく、二百年前の魔女は数を増やすことができなかったのだ。

一度絶滅した種族が数を増やすのは、それほど難しいことなのだろう。

「二百年前、当時の皇妃は自由に古代遺跡を出入りしていたと言います。皇宮の庭には、その遺跡への入り口だったり、魔女の畑だったり、魔女のかつてのペットが住んでいる林があったりしますが、それらは全て立ち入りが禁止されています。皇帝陛下かオレたち『八聖公家』の当主と一緒でなければ入れないんです」

なるほど、皇宮の庭には魔女由来の大切な場所がたくさんあるのね。

だから、皇帝や公爵たちは魔女の大切な場所を荒らされたくなくて、立ち入り禁止のルールを作ったのだわ。

「魔女に関する場所はとても大切だから、一定の権限を持っている相手と一緒じゃないと、立ち入りが許可されないということね」

確認のために尋ねると、その通りだと頷《うなず》かれた。

「魔女に関する場所はできるだけ手を入れずに、当時のままの状態を保つようにしてあります。不心得者を入れるわけにはいかないんです」

私は好奇心からジークムントに尋ねてみる。

「その古代遺跡の入り口はどこにあるの？　もちろん中に入りはしないけど、離れた場所から見るだけならいいでしょう？」

ジークムントは困った様子で、がしがしと頭をかいた。

「お姫様は和睦の印として我が国に来られたので、死んでもらっちゃあ困るんです！　だから、絶対に遺跡の中に入るもんじゃありません。あの中は危険がいっぱいありますから、ひ弱な人間族なんて、すぐにくたばってしまいます」

「えっ、遺跡に危険な生物がいるの？」

ずっと昔に魔女の家だったとしても、長い間、誰も住んでいなければ、廃墟《はいきょ》となっているんじゃないかしらと考えていたけれど、どうやら何者かが棲《す》みついているようだ。

「わんさかいますね！　古代遺跡は魔女の家ですから、魔女の執事に、魔女の騎士、魔女の侍女に魔女の料理人……と、あらゆる魔女の使用人がいます。彼らは正に危険生物で、魔女以外が遺跡に入ってくるのを全力で阻止しにかかるんです」

「まあ、魔女が亡くなった後も、魔女の使用人たちはずっと古代遺跡で暮らしているの？」

そうだとしたら、魔女の使用人は忠誠心が高く、長命な種族なのだろう。

「きっと、魔女の使用人たちにとって、魔女以外の者は全員、不法侵入者にあたるんでしょうね」

「その通りです。それだけでなく、古代遺跡には高ランクの魔物も侵入してきます。古代遺跡の一角が、魔物が発生する迷宮《ダンジョン》とつながっていて、そこから、魔女の使用人という美味《おい》しい餌につられて、魔物が入ってくるんです。もちろん魔物にとってはオレらも餌ですから、遭遇したら襲われます。とはいえ、魔物が古代遺跡の外まで出てくることは滅多にありませんから、危険はありません」

「そうなのね」

サファライヌ神聖王国にも複数の迷宮が存在しているので、その厄介さは理解している。

大変ねと顔をしかめたところで、ちょうど遺跡の入り口に到着した。

案内された場所には、白大理石の円柱に囲まれた、見上げるほど高い建造物があった。

上質な白大理石がふんだんに使用され、細部にまで丁寧《ていねい》な彫刻が施されている。

壮麗で繊細な造りの建造物を見て、当時はとても美しかったに違いないと思わされたものの、長年雨風に晒《さら》されたためか、あちこちが欠けたり崩れたりしていた。

ジークムントはその建造物の一角を指差すと、遺跡について説明を始める。

「向こうに見えるアーチ形の穴が入り口になります。入り口の先は緩やかな下り坂になっていて、地下にある古代遺跡につながっているんです。以前は、ここ以外にも出入り口があったようですが、今はもう残っていません」

遺跡の入り口には、立ち入り禁止を示すような縄や遮蔽物は置いてなかった。

恐らく、明示するまでもなく、誰もが近付いてはいけない場所だと理解しているのだろう。

何とはなしに入り口を見つめていると、そこからそよりと生暖かい風が吹いてきたためびっくりする。

風が動いているということは、閉鎖された空間ではないということよねと考えていると、遺跡の入り口に影が差し、中から何者かが現れた。

「ひゃあっ!?」

遺跡の中から危険生物が出てきたのかしら、とびっくりして後ろに下がったけれど、それはジークムントが話してくれた魔女の使用人ではなく、滅多にないほど美形の男性だった。


「エ、エッカルト陛下!?」

古代遺跡から現れた黒髪黒瞳の絶世の美形を前に、私は思わず名前を呼んだ。

エッカルト皇帝以外、これほど容姿が整った男性がいるはずもない。

危険な場所であるはずの古代遺跡から皇帝が現れたことに驚いていると、彼はこちらに顔を向けた。

「ジークムントと婚約者殿か」

それは一週間ぶりにエッカルト皇帝と顔を合わせた瞬間だったけれど、彼はすぐに視線を逸《そ》らすと、そのまま去っていこうとした。

そのため、私は慌てて彼のもとに走り寄る。

この三週間で分かったけれど、皇帝は私のことを嫌っている様子だから、私から近付かなければ永遠に仲良くなれないと思ったからだ。

元々、兄が獣人族の女性を不幸にしたため、その血族として皇帝から嫌悪感を抱かれているのは分かっている。

けれど、皇帝は私と会うたびに、確認するかのように私の髪に視線をやるので、彼にとって何よりも許しがたいのは、私がピンク色の髪をしていることのようだ。

皇帝はものすごく魔女を崇拝しているから、獣人族の歓心を得るために魔女の真似《まね》をしている（と思っている）私が許せないのだろう。

「エッカルト陛下、一週間ぶりに会えて嬉《うれ》しいです！」

「……ああ」

笑顔で話しかけるも、短く返される。

何か皇帝の興味を引くような話題はないものかしら、と必死で考えていたところ、皇帝の額からたらりと血が流れてきた。

「えっ⁉」

髪に隠れてよく見えないものの、皇帝は額を怪我《けが》しているようだ。

「怪我をしたんですか？」

私の言葉を聞いたジークムントは、すごい勢いで皇帝のもとに走ってくると、オロオロとした様子で口を開いた。

「酷《ひど》い怪我ですよ！　陛下は魔女の使用人たちに敵認定されているから、遺跡に侵入したらすぐに場所を把握され、攻撃されることは分かっていたじゃないですか！　言ってくだされば、遺跡の見回りくらいオレがしましたのに!!」

「散歩のついでだ」

平坦な声でそう返す皇帝を前に、ジークムントはぐっと唇を噛《か》み締めると、大きな声を出した。

「皇宮侍医を呼んできますから、それまで動かないでください！」

返事も待たずに走り去っていくジークムントの後ろ姿を見ながら、皇帝が疲れたようなため息をつく。

その姿を見た私は、慌ててその場に座り込むと、両手を広げた。

「陛下、怪我をしているのですから、これ以上動いてはいけません！　どうぞこちらで横になってください」

皇帝はたっぷり十秒ほど私を見つめた後、確認するように聞いてきた。

「……こちらというのは、君の腕の中か？」

「ええ、地面よりは私の方が柔らかいですから！　どうか私のことはクッションだとお思いください！」

「……難しいことを要求するな」

エッカルト皇帝はそうは言ったものの、怪我が酷いのか、逆らうことなく私の隣に腰を下ろした。

しかし、私が想定したように、私の膝の上に頭を乗せる形で横になるのではなく、座った形で寄り掛かってくる。

皇帝の体が触れた瞬間、ものすごくいい香りがふわりと漂ってきたため、イケメンのうえにいい香りまでするなんて、どうなっているのかしらとぎょっとした。

心臓がばくばくと高鳴り出したので慌てていると、何かを誤解したらしい皇帝が身を起こそうとする。

「ああ、失礼。深窓の姫君にとって、血は恐ろしいだろうな」

「いえ、平気です！」

実際には十年もの期間、騎士団に所属していたため、血どころか体の一部が吹き飛ぶところを何度も見てきた。

だから、怪我も血も平気だけれど、そんな体験を持つ女性は好まれないだろうなと説明を割愛する。

「血が怖かったのではなく、陛下からすごくいい香りがしたので驚いたんです」

正直に答えると、エッカルト皇帝は考えるように数秒動きを止めた。

「……そうか。獣人族は匂いで相性が決まる、といっても過言ではない。君が私の香りを好意的に受け止めたということは、君にとって私の存在は不快ではないということか」

もちろんこんなものすごいイケメンを不快に思うわけがない。

それから、一族のことを大切に思っている皇帝を嫌うことは難しいわ。

そう思ったけれど、エッカルト皇帝が疲れた様子で目を瞑《つぶ》ったため、言葉を発することなく口を噤《つぐ》む。

どうやら皇帝は酷く体調が悪いようだ。

けれど、目を瞑る皇帝の額を見つめてみたものの、それほど深い傷には思われなかったため、皇帝がぐったりしている理由は怪我以外かもしれないと心配になった。

「陛下、額の怪我以外にも何か不調がありますか？」

おずおずと尋ねると、皇帝は目を瞑ったまま唇を歪《ゆが》める。

「君は本当に優れた観察眼を持っているな。私の体調不良は怪我からくるものではなく精神的なものだ。私は魔女を敬愛しているから、決して魔女の使用人を攻撃することはない。しかし、相手は違う。彼らは躊躇《ちゅうちょ》なく私を攻撃してくるし、今日は怪我を負わされた。その事実が、私を傷付けることが魔女の意志のように思われ、気落ちしているだけだ」

つまり、大好きな魔女から敵だと認定され、怪我をさせられたような気持ちになって落ち込んでいるということね。

まあ、皇帝は意外と繊細なのかしら。

それとも、魔女に関することだけ傷付きやすくなるのかしら。

私はハンカチを取り出すと、丁寧に皇帝の血を拭った。

すると、皇帝はうっすらと目を開けて私を見つめる。

皇帝は何も言わなかったけれど、『本当に血が怖くないようだな』と言われたような気持ちになった。

そのことで、少しだけ見直されたような気持ちに。

そうしている間に、ジークムントが焦った様子で皇宮侍医を連れてきた。

かわいそうに皇宮侍医はジークムントに引っ張られる形で走らされ、ぜいぜいと息を乱している。

ジークムントは私に寄り掛かっている皇帝を見ると、ぎょっとした様子で立ち止まった。

嫌っている私に頼らざるを得ないほど、皇帝が弱っていることに気付き、衝撃を受けたのだろう。

「大至急、陛下の怪我を診《み》るんだ！」

皇宮侍医は激した様子のジークムントの言葉に頷くと、てきぱきと処置を始めた。

その間、皇帝はおとなしく座っていた。

けれど、処置が終わる頃には皇帝の気分もよくなったようで、皇宮侍医の制止を振り切って立ち上がる。

それから、エッカルト皇帝は政務に戻ると言い置くと、その場を去ろうとしたけれど、一歩踏み出したところで振り返った。

「カティア、肩を貸してくれてありがとう」

それは、皇帝が初めて私の名前を呼んだ瞬間だった。

一体どういう風の吹き回しかしらと驚きながら、しどろもどろに応《こた》える。

「い、いえ、どういたしまして」

動揺する私に頷くと、皇帝は踵《きびす》を返して去っていった。

その間ずっと、私は衝撃で目を丸くしたまま、彼の後ろ姿を見つめていたのだった。

# 6 狼公爵領訪問

「カティア、ジークムントの領地に宝石を拾いに行かないか？」

その日の晩、皇帝が初めて晩餐《ばんさん》の席に現れたと思ったら、前置きなしにそんな提案をされた。

そのため、私はびっくりして大きな声を出す。

「それは婚前旅行のお誘いですか？」

とうとう私も大人の階段を登るのかしらとドキリとしたけれど、皇帝が返事をする前に、同席していたルッツが飲んでいたお酒を吹き出す。

「ぶふっ！　げぼっ、ごほっ、ちょ、婚約者様、それは図々しすぎる解釈じゃないですか⁉」

「えっ、帝国では結婚前の男女が一緒に旅行することを、婚前旅行と言わないの？」

「それは言いますけど、恐らく、皇帝陛下はご一緒される気はないと思いますよ」

ルッツの言葉を聞いて、ばくばくと高鳴っていた心臓が落ち着いてくる。

「あ、そうなのね」

そう言われれば、エッカルト皇帝は食事も一緒に取れないくらい忙しいのだから、狼《おおかみ》公爵の領地を訪問する時間なんてないわよねと納得していると、皇帝は考えるように首を傾《かし》げた。

「最初から同行することは難しいが、後ほど合流することは可能だ」

「えっ！」

「本当ですか!?」

私が答えるより早く、ルッツがびっくりした声を、ジークムントが期待するような声を上げる。

「ああ」

皇帝が頷《うなず》く姿を見て、ジークムントはぱっと顔を輝かせた。

どうやら皇帝を自領に迎えることができると、喜んでいるようだ。

この流れでいくと、私がジークムントとともに狼公爵領を訪問するのは決定事項になりそうね。

でも、宝石を拾いに行くというのはどういうことかしら？

「私がジークムント・ヴォルフ公爵の領地に宝石を拾いに行くというのは、どういうことですか？」

素直に質問したところ、間髪をいれずにルッツが返してくる。

「あなたが陛下の婚約者で、間もなく結婚式だということですよ！」

ますます意味が分からない。

「どういうことかしら？」

再度尋ねると、エッカルト皇帝がとんと指でテーブルを叩《たた》いた。

「我が国では、皇族や貴族の花嫁は、結婚式で身に付ける宝石を自ら拾い集める慣習がある。ウェディングドレスは白と決まっているから、何色の宝石を合わせてもおかしくない。ドレスに合わせる宝石を自ら集めて披露することで、花嫁が自分の好みを招待客に示すという意味合いがある」

なるほど、サファライヌ神聖王国の場合、花嫁は結婚式で婚家に連なる色を身に付け、その家に属するようになったことを示す。

けれど、この国の花嫁は婚家に染まるのではなく、自分が好きな物を主張するのね。

「ジークムントの領地には様々な色の宝石が採れる鉱山があるから、そこで宝石を拾ってはどうかと思ったのだ。とはいえ、君はこの国の出身でないから、必ずしも我が国の慣習に従う必要はない。その場合は、私が適当な宝石を準備しよう」

エッカルト皇帝は親切な提案をしてくれたけれど、もしも私がこの国の慣習に従うことなく、皇帝に宝石を準備させたならば、私が帝国の流儀に従わなかったという話があっという間に広がるだろう。

そして、私はよそ者扱いされるのだ。

「私はもはやザルデイン帝国の一員です。帝国の流儀に従いますわ」

笑顔で答えると、エッカルト皇帝は無言で頷いた。

相変わらず、彼の考えていることはちっとも読めない。

エッカルト皇帝は純粋な親切心から、私が帝国民に受け入れられるよう、この国の慣習に沿う機会を与えてくれたのだろうか。

それとも、たとえば宝石がほとんど落ちていない鉱山を案内させ、『未来の妃《きさき》が拾えたのはこの程度の宝石でしかなかった』と、私に恥をかかせるつもりなのだろうか。

あるいは、私に狼領を訪問させたい秘められた理由でもあるのだろうか。

どれもあり得そうな気がしたけれど、皇帝の真意がこれっぽっちも読めないため、彼の心情を読み取ろうと、じっと見つめる。

けれど、すぐに彼の思惑はどうでもいいわ、と気持ちを切り替えた。

私の目標は皇帝と仲良くなることだから、事実はどうであれ、親切にされたのだと受け止めて笑っていればいいのだわ。

「ありがとうございます、エッカルト陛下！　陛下がヴォルフ公爵領へ来られるのを楽しみにしています!!」

私ははしゃいだ声でそう返すと、皇帝に微笑《ほほえ》んだのだった。


翌朝、狼公爵ことジークムントと私は、彼の領地に向かって出発した。

移動には馬車と転移門が使用され、安全のためにと馬車にはジークムントも乗ってきた。

そのため、馬車の中でジークムントと二人きりになったのだけれど、彼はほとんど口を開かなかった。

これから向かうのはジークムントの領地だ。

彼のことだから、得意になって自分の領地自慢を始めるかと思ったのに、なぜかずっと俯《うつむ》いており口数が少ない。

一体どうしたのかしらと気になったものの、尋ねてはいけないことのように思われたため、私は視線を窓の外に移した。

ぼんやりと景色を見ながら、そう言えば私が帝国に来てからの三週間、ジークムントはずっと皇宮にいるわね、と考える。

他の『八聖公家』の公爵たちは交代で領地に戻るのに、ジークムントだけは領地に戻ることなく、皇宮に滞在しっぱなしだったのだ。

エッカルト皇帝から大事な役目を仰せつかっているのかと思ったけれど、もしかしたら領地に戻りたくない理由でもあるのだろうか。

でも、狼一族は仲間を大切にするし、仲間と一緒にいたがるって聞いたから、その可能性は低そうよね。

そんなことをつらつらと考えていると、転移門に到着したと告げられた。

すると、今度は別のことが気になり始める。

狼公爵領の民は私を歓迎してくれるのかしら、ということが。

ジークムントはいつだって私に刺々《とげとげ》しい態度を取るから、彼の領民たちも領主の考えに影響され、同じような態度を取るのではないかと心配になったのだ。

けれど、予想に反して、領民たちは私を歓迎してくれた。

皆は私の髪を見ると目を見開き、王都民と同様に感激した様子で歓声を上げてくれたのだ。

「まあ、ピンクの髪ですって⁉」

「何てことかしら、未来の皇妃陛下は至尊の髪を持っていらっしゃるわ！」

「皇妃陛下万歳！　我がザルデイン帝国に永遠の繁栄を‼」

領民の嬉《うれ》しそうな顔を見て、ほっと胸を撫《な》で下ろす。

皆の態度に感謝しながら、私は馬車の窓から人々に向かって手を振った。

けれど、すぐにジークムントは私が歓迎されることを嫌がるのじゃないかしら、と思い至る。

ちらりと様子をうかがうと、私の予想とは異なり、ジークムントは先ほどと同じように強張《こわば》った表情で俯いていた。

まあ、自領に戻ってもこんな調子なのねと驚いたけれど、彼は私にこんな姿を見られたくないだろうなと、さり気なく視線を逸《そ》らす。

しばらくすると、遠くに威風堂々とした狼城が見えてきた。

近付くにつれ、お城の細部が見えてきたのだけれど、初めて目にする狼城は美しさよりも機能性に重点を置いた、重厚で堂々とした建物だった。

「攻め入るのが難しそうなお城ね」

母国では指揮官の地位にいたこともあり、思わず攻め入る視点で感想を漏らしてしまう。

すると、それまで黙っていたジークムントが顔を上げ、不快そうに顔をしかめた。

「攻め入るのが難しそうですって？　馬鹿《ばか》言っちゃ困ります！　この城は代々、狼一族が受け継いできたもので、難攻不落ですよ！　攻め入るのは不可能だ、と言い直してください!!」

狼城に攻め入るのは難しいし、やっかいだけど、絶対に侵入できないわけではない。

そう思ったものの、正直に言うとジークムントの機嫌をさらに損ねそうだったので、私は従順そうな表情を浮かべた。

「ええ、攻め入ることは不可能ね」

これでジークムントの機嫌が直るかしらと期待したけれど、彼は城の入り口を見つめたまま歯を食いしばっていた。

そのため、一体何に気を取られているのかしらと彼の視線の先を追う。

すると、そこには灰色の髪をした男女がずらりと一ダースほど並んでいた。

ジークムントの家族かしら、と考えながら馬車を降りると、笑みを浮かべて彼らと向かい合う。

けれど、狼一族からはあからさまな敵意を向けられたため、ああ、こうなるわよね、と内心でため息をついた。

国民は私のピンク色の髪を見て、『魔女だ』と勘違いし歓迎してくれたけれど、『八聖公家』の一族までもが同じように扱ってくれるはずがなかったのだ。

というよりも、これが通常の反応よね、と自らに言い聞かせながら、出迎えてくれたことに感謝の言葉を述べる。

私が自己紹介をすると、皆はぶっきらぼうな口調で、それぞれジークムントの父や母、叔父や従妹《いとこ》だと名乗ってきた。

どうやら公爵家当主であるジークムントが連れてきた客人ということで、私にも最低限の礼儀は示してくれるらしい。

事前学習した通り、狼一族は血族のつながりが強いのねと思ったけれど、なぜかジークムントは皆から離れた場所に一人で立ち、決して彼らと言葉を交わそうとはしなかった。

その態度を見て、やっぱりジークムントらしくないと感じ、無言で首を傾げる。

ジークムントは勘が鋭いから、私が見つめていることには気付いているだろうに、彼は頑《かたく》なに一点を見つめたまま、決してこちらを見ようとはしなかった。

そのため、彼は一体どうしたのかしらと、ますます不思議に思ったのだった。

# 7 チェンジリング

ジークムントの態度がおかしかったわけは、晩餐《ばんさん》の席で明らかになった。

「この子は取り替え子《チェンジリング》なんです」

ジークムントの母親である前公爵夫人が、困ったような表情でそう口にしたのだ。

「チェンジリング？」

耳慣れない単語を聞いたため、どういう意味かしらと繰り返す。

すると、前公爵夫人はそんなことも知らないのかとばかりに、揶揄《やゆ》するような笑みを浮かべた。

「妖精が取り替えていった子どものことです。我が一族は全員灰色の髪で生まれてくるんですが、ほら、ジークムントだけ髪色が異なるでしょう？　それは彼が元々一族の子でなく、妖精が取り替えた子だからです」

続けて、前公爵が皮肉気に唇を歪《ゆが》めた。

「時々、こういう悪戯《いたずら》が起こるんですよ。我々の子どもは連れ去られてしまったし、どうしようもないから、ジークムントを一族の子どもとして育ててきたんです」

「…………」

思わずジークムントの髪を見ると、確かに彼の髪は灰色ではなく青銀色だった。

けれど、妖精が子どもを取り替えるなんて、そんなことがあるものかしら。

野生動物と一緒にしてはいけないだろうけど、母国では、褐色の豹《ひょう》の中から黒豹が生まれたり、赤狐《あかぎつね》の中から銀狐が生まれたりしていた。

ジークムントの父親は、『時々、こういう悪戯が起こる』と言ったけど、『時々、突然変異で優れた個体が生まれる』の間違いじゃないかしら。

前公爵はまだ若くて元気なのに、早々に公爵位を息子に譲ったのは、ジークムントが優秀だからだろう。

彼の外見が一族の者と異なることに加えて、他に類を見ないほど抜きんでて優秀なものだから、勝手に『取り替え子』と勘違いしているだけではないのかしら。

「髪色が」「目の色が」と、ジークムントと狼《おおかみ》一族の相違点を得意気に列挙する人々を見ながら、皆は一体どういうつもりで熱心に議論しているのかしらと考える。

狼一族が本心から自分たちの言葉を信じているのか、それとも冗談を言っているのかは分からないけれど、誰もがとても楽しそうに見えた。

それから、俯《うつむ》くジークムントの態度から、狼一族は彼が幼い頃から何度もこの話を繰り返しており、話を聞いたジークムントが悲しい気持ちになっていることも分かった。

それなのに、ジークムントは言い返すことも、この場を退席することもせず、ただ黙って皆の話を聞いているのだ。

一族を大切にする気質が悪い方に出ているわね。

いつだって私にずけずけと悪口を言うジークムントは、どこにいったのかしら。

ジークムントは当主だから、弱者というわけではないのだろうけれど、私には彼が皆から一方的に虐《いじ》められているように見えた。

狼一族は同族が大好きだから、いつだって一緒にいたいと思っているし、同族の悪口を言うことはない。

だからこそ、ジークムントは何を言われても黙って耐えているのに、この一族は優秀すぎる彼をやっかんでいるのか何なのか、先ほどからずっと彼を仲間外れにしようとしている。

それは、狼一族の一員であるジークムントが一番堪《こら》えることだろう。

私は食事の手を止めると、がしゃんと乱暴な音を立ててテーブルにグラスを置いた。

ジークムントは私に対していつだって刺々《とげとげ》しくはあるけれど、皇宮の庭園を案内してくれたし、私の少食ぶりを心配してくれた。

そんなジークムントの方が、初対面の私の前で当主を笑いものにする狼一族より百倍好ましいわ。

「未来の皇妃様は酒癖が悪いのか？」

前公爵が顔をしかめながら、私の行儀の悪さを指摘してくる。

グラスを乱暴に扱った私の態度を、咎《とが》め立てているのだろう。

一方、これまで私の酔った姿を目にしたことがないジークムントは、驚いたように目を丸くした。

実際にお酒が入っていることもあり、私はふふんと馬鹿《ばか》にしたような表情を浮かべると、挑むように前公爵を見つめる。

「ええ、その通り、私は酔っ払っているわ！」

なるほど、酔っているからこそ私の態度が悪いのか、と皆が納得しかけたところで、私はさらに言葉を続けた。

「だから、正直に言うけど、チェンジリングは狼一族への祝福ね！　取り替えられでもしない限り、ジークムントのような優秀な者がこの一族に生まれるはずはないもの‼」

お酒のせいにしてこの場を丸く収めるかと思った私が、お酒を飲んでいるからこそ正直に言うわ、と堂々と狼一族を馬鹿にしたため、前公爵はわなわなと震え出した。

「な、何だと！」

ジークムントは鳩《はと》が豆鉄砲を食らったように目を丸くしている。

私は前公爵を睨《にら》みつけながら椅子から立ち上がると、髪を束ねていたリボンを外し、見せつけるように両手で髪を払った。

その途端、私の周りにぱっとピンクの髪が広がる。

本当におかしな話だけど、獣人族は私のピンクの髪にものすごく弱いのだ。

効果はてきめんで、激高していた前公爵は一瞬にしてしゅんと勢いをそがれ、文句の言葉を呑《の》み込んだ。

私はそんな前公爵を一瞥《いちべつ》すると、冷たく言い放つ。

「今夜はこれで失礼するわ」

想定外の応酬が目の前で繰り広げられたジークムントは、見て分かるほど動揺していた。

動揺のあまり自分の立ち回りすらよく分からなくなったようで、おろおろしていたけれど、私の言葉を聞いた途端、反射的に立ち上がる。

彼はどこまでも育ちがいいので、淑女の退出に伴わないわけにはいかないと考えたらしい。

ジークムントは無言で私に近付くと、腕を差し出してきた。

私はジークムントの腕に手をかけると、ドレスの裾を鮮やかに翻《ひるがえ》し、彼とともに堂々と食堂を退席したのだった。


「エッカルト陛下が私を狼公爵領に誘ったわけが分かったわ！」

晩餐後、私は客用寝室で独《ひと》り言《ごと》を呟《つぶや》いた。

というのも、エッカルト皇帝が狼公爵領の訪問を提案した真意を、理解した気持ちになったからだ。

皇帝のお誘いには何か裏があるのかしらと疑った私の勘は、どうやら正しかったらしい。

ただし、私に何かしようと画策したわけではなく、全《すべ》てはジークムントのためだったのだ。

恐らく、皇帝は狼一族の現状を把握しており、自らこの地に乗り込んで、ジークムントの問題を解決しようと考えたのだろう。

私の宝石拾いは、この地を訪問する理由としてちょうどよかったというわけだ。

「考えてみれば当然よね。不始末の代償として娶《めと》る妃なんて、憎いだけだろうから、忙しい皇帝が気にしている暇なんてないわよね。一方のジークムントは彼の大切な部下だから、困っていたら助けようと思うわよね」

恐らく、ジークムントが皇宮に長期間滞在していたことから、エッカルト皇帝は狼一族の問題に気付いたのだろう。

「もしかしたら直近の三週間だけでなく、以前からずっと、ジークムントは皇宮に滞在していたのかもしれないわ。あの一族とは顔を合わせたくないだろうから当然よね」

毎日毎日、あんな調子で仲間外れにされたら、誰だって嫌になるだろう。

それも、実の両親が先導しているのだから、ものすごく気が滅入るに違いない。

「エッカルト陛下はいつ狼公爵領にやってくるのかしら。それまではここで、陛下を待っていないといけないわね」

宝石拾いというのが、どのくらいの日数を必要とするのか分からないけれど、焦らずにゆっくり拾った方がよさそうだ。

私はベッドに横になると、明日やるべきことを考えながら、眠りについたのだった。

翌日、朝食時に再び、私は狼一族と顔を合わせた。

全員の口数が少なかったけれど、昨晩の諍《いさか》いを考えれば当然かもしれない。

彼らにとって私は無礼な部外者だろうから、口もききたくないでしょうねと考えながら、黙々と食事を取る。

穏便に朝食を終えられればと思ったけれど、残念なことに、望みは叶《かな》えられそうになかった。

前公爵夫人が膝に載せていたナプキンを乱暴な仕草でテーブルに置くと、馬鹿にしたような声を出したからだ。

「考えてみれば、宝石を拾うという慣習も、種族によっては残酷なものかもしれないわね。特に人間族は目がよくないと聞いているから、宝石の深い色合いを見極められずに、組み合わせが悪いものばかりを拾ってくるんじゃないかしら。人事なのは全体の調和なのにね」

この場にいる人間族は私一人だったため、これは私に対して言っているかしら、と前公爵夫人を見つめる。

元々、人間族の王女ということで嫌われていたのに、面と向かって狼一族を馬鹿にしたため、怒らせてしまったのだろう。

けれど、ジークムントに対する彼らの対応は酷《ひど》いものだったから、発言したことを反省はしないわ。

「前公爵夫人は私にアドバイスなさっているのかしら？　ふふふ、ご心配いただかなくても結構よ」

私はできるだけ穏やかな口調を装うと、喧嘩《けんか》にならないようにと気を付けながら返事をした。

ジークムントへの対応には我慢ならないものがあったため、昨夜はきっぱりと言い返したものの、それ以外の部分で敵対するつもりはなかったからだ。

それなのに、前公爵夫人は刺々しい態度を改めることなく、挑むような口調で言葉を続ける。

「まあ、心配したくもなりますわ。偉大なる皇帝陛下の妃の座は、人間族のお姫様にとって、荷が勝ちすぎることは明らかですもの」

「おいおい、いくら人間族がひ弱でちっぽけだとしても、そう責めるものじゃない。そんな風に生まれてしまったのだから、お姫様にはどうしようもないことだろう」

前公爵が親切なふりをして、さらに私を貶《おとし》める言葉を口にする。

反論するのも面倒だったので、私は適当に話を合わせようと、殊勝なふりをして俯いた。

「皆さんのおっしゃるとおりですね。私は何の力もない、ちっぽけな人間ですから。偉大なる皇帝の妃としては全《まった》く釣り合いませんよね」

私の言動が普段より随分控えめであることに気付いたジークムントは、私が昨夜のようにとんでもない行動に出ることを恐れたようで、慌てた様子で立ち上がった。

「お、お姫様、鉱山までの道中に美味《おい》しいレストランがあるんです！　せっかくですから、鉱山の帰りにその店に寄りませんか。朝食はここまでにしておきましょう!!」

どうやら早々に、私を一族から引き離したいようだ。

これ以上彼らと食事をともにしたいとも思わなかったため、私は頷《うなず》くと椅子から立ち上がった。

それから、私は狼一族に退席の旨を告げると、ジークムントとともに食堂を退出したのだった。


宝石鉱山は狼城から離れた場所にあると考えていたけれど、城の裏手にある山がそれだと紹介された。

思ったよりも随分近くにあり、馬車で十五分ほど揺られただけで到着する。

馬車を降りた先には、見渡す限りの白い人地が広がっていた。

馬がいなないたことから、私たちが到着したことは分かるだろうに、誰一人鉱山から出てくる気配がない。

どうやら狼一族は私を案内するつもりも警護するつもりもないようねと考えていると、ジークムントが自分の胸を叩《たた》いた。

「お姫様、これでもオレは一族で一番強いんです！　何かあっても一人で対応できますからご安心ください」

私が自分の身の安全を心配していると思ったのか、ジークムントはそんなことを言ってきた。

彼が強いとしても、咄嗟《とっさ》の時に私を守る気があるかどうかよね。

「私に危険が迫った場合、私を置いて逃げたとしても、誰にも分からないわ」

さらりと言うと、ジークムントは心外だとばかりに大きな声を出した。

「たとえどんな相手だとしても、オレは女性を置いていくような真似は決してしません!!」

ジークムントの言葉には何の根拠もないというのに、なぜだか私は彼の発言を信じることができた。

「それは頼もしいわね。ただ、せっかく守ってくれるのならば、『どんな相手だとしても』という部分は割愛してもよかったんじゃないかしら」

笑顔で答えると、ジークムントはぐっと唇を噛み締めた。

それから、思ってもみないことに、彼は深く頭を下げてきた。

「そのことについては謝罪します。オレが間違っていました」

えっ、ジークムントが私に頭を下げたわよ。

一体どうしたのかしら、とびっくりしていると、ジークムントは言いにくそうに口を開いた。

「……昨夜はありがとうございました。オレを庇《かば》ってくれたんですよね」

まさかジークムントから昨夜のことを持ち出されるとは思わなかったため、私は目を丸くする。

彼はプライドが高いから、一族の中で爪弾《つまはじ》きにされていることを、私に知られたくなかっただろうし、知られたことを認めたくないだろうから、なかったことにすると思っていたのだ。

私は彼のプライドを傷付けないような言葉を選びながら返事をする。

「私は人の悪口を言う者が嫌いなの。狼一族は仲間意識が強いと聞いていたのに、初対面の私に身内の悪口を言うから腹が立っただけよ」

ジークムントは困ったように眉尻を下げた。

「……そんなことを言わないでください。一応、オレの両親だし、親戚だし、全員仲間なんです」

まあ、あれだけ常日頃から仲間外れにされているというのに、彼はまだ仲間が大事なのかしら。

「ジークムントは一族の者が好きなの？」

「仲間を嫌う狼一族なんていませんよ！　……オレはチェンジリングらしいから、彼らを仲間と呼ぶのはおかしなことかもしれませんが」

仲間を庇いながらも、仲間と呼んではいけないのかもしれないと背を丸めて言うジークムントが痛々しく見え、私は思わず大きな声を出した。

「ちっともおかしくないわ！　そもそもあなたがチェンジリングだという証拠はあるの？　背中に妖精の羽でも生えているのかしら？」

わざとらしく背中部分をじろじろ見ると、ジークムントは恥ずかしそうに自分の体を抱きしめた。

「あ、ありませんよ！　オレはいたって普通の体をしています」

「そう。だとしたら、あなたは前公爵夫妻の息子なのよ。私は母国に妖精のお友達がいたけれど、子どもを取り替えるような悪戯をする妖精は一人もいなかったわ」

「えっ、そうなんですか？」

ジークムントが驚いたように尋ねてきたので、もしかしたら彼は妖精のことをよく知らないのかもしれないと、情報を追加する。

「妖精の大きさは、私の手のひらくらいだわ。あなたが妖精の子どもならば、そんなに大きく育つわけないわ」

私よりも頭一つ大きいジークムントを見上げながら告げると、彼は動揺した様子で片手を額に当てた。

「そ、そうなんですね。……帝国に妖精はいないから、これまで見たことはなかったし、サイズのことなんて考えもしなかったな」

呆《あき》れたわ。皆、それっぽっちの情報しか持たないで、チェンジリングだなんて言っていたのかしら。

私のじとりとした視線を感じ取ったのか、勘のいいジークムントが言い訳のような言葉を口にする。

「妖精のことについて調べることはできますが、オレと類似点が出てきたら決定的だと思って、敢えて目を背けていたんです」

それから、ジークムントは遠くを見つめた。

「両親はずっと、妖精は遠い国に棲《す》んでいるから、攫《さら》われた本当の息子を探しに行けないんだと言っていました。だから、代わりにオレを育ててくれるのだと」

一族が大好きなジークムントが、幼い頃からずっと爪弾きにされ、お前は仲間じゃないと言い続けられる生活はどのようなものだったのかしら。

控えめに言っても、すごく辛《つら》かったはずだわ。

「ジークムント以外に、チェンジリングと呼ばれる仲間はいなかったの？」

「チェンジリングは非常に特殊な存在なんです。それこそ百年に一人とか、二百年に一人とかの頻度でしか現れません」

つまり、それだけ優秀な個体だということだ。

私は少し考えた後、「これから少し失礼な話をするわ」と前置きする。

「ええと、誤解しないでほしいのだけど、私は獣人族と野生動物を同じだと思っているわけではないわ。ただ、私が他に事例を知らないから、野生動物の話をさせてもらうけど許してね。あ、やっぱり腹が立ったら、許さずに怒っていいわ。失礼な話をする私が悪いのだから」

ジークムントは戸惑った表情を浮かべたけれど、私は気にせずに、頭に浮かんだことをつらつらと話し始めた。

「母国にはたくさんの野生動物が住んでいたわ。そして、褐色の豹の中から黒豹が生まれたり、赤狐の中から銀狐が生まれたりしていたの。神様の気まぐれで、時々、他とは見た目が全然違う、優れた個体が生まれていたのよ。その特殊な個体は、他の個体より強くて賢かったわ」

ジークムントは難しい顔をして聞いていたけれど、私が話し終わると戸惑ったように見つめてきた。

そんなジークムントに、私はきっぱりと言う。

「ジークムント、私はあなたが神様に選ばれた優れた個体だと思うわ。そして、あなたの両親は間違いなく前公爵夫妻よ」

ジークムントは衝撃を受けた様子で目を見張った。

じわじわと頬が赤くなったかと思ったら、勢いよくその場にしゃがみ込む。

それから、ジークムントは両手で顔を覆うと、彼らしくない弱々しい声を出した。

「……姫君はとんでもないですね。オレの心臓を握り潰しにくるなんて」


「し、心臓を握り潰す？」

鋼《はがね》の心臓を持っているであろうジークムントのものを握り潰すためには、ものすごい力が必要なはずだ。

私はザルディン帝国に来て以来、一度も魔法を使っておらず、おとなしくしている。

それなのに、どうして強靭《きょうじん》な心臓を持つジークムントを殺しにかかっている、という濡《ぬ》れ衣《ぎぬ》を着せられたのかしら。

「やっぱり、たとえとして野生動物を出したのがよくなかったのね。だから、怒ったジークムントが、私に濡れ衣を着せようとしているのだわ」

思ったことをそのまま言葉にすると、ジークムントは立ち上がりながら片手を振り、私の言葉を遮ってきた。

「違います！　そうではなくて、オレは姫君に感謝する、と言いたかったんです」

「えっ！」

先ほどのセリフで、そんな気持ちは全然伝わらないわ。

そう呆れていると、ジークムントが真っ赤な顔で私を見つめてきた。

「……ひ、姫君の言葉はオレの世界を変えてくれました。とてもいい方向に」

恥ずかしそうに呟くジークムントを見て、私は驚愕《きょうがく》する。

もしかしてジークムントは本気で私に感謝しているのかしら。

というか、先ほどまであった敵意が消えているわよ。たったこれだけの会話を交わしただけで？

「ジ、ジークムント、あなた、さすがにそれは……」

チョロすぎないかしら。

でも、そうだったわ。ジークムントは悪ぶっているけど、根が素直ないい子なのよね。

だから、人の言葉を素直に受け取るし、感銘を受けるのだわ。

これまで、ジークムントが素直なのは、家族から大切に育てられたからだろうと思っていた。

けれど、あの一族を見た後で、同じことは思えない。

きっと、ジークムントの生まれ持った性質が、素直ないい子なのだろう。

そんな風にジークムントを分析していた私だけれど、彼も私のことを考えていたようで、しみじみとした声を出した。

「姫君が母国の騎士たちに人気だったというのも納得です。多くの男性が熱狂的に姫君を求めたのも、分かる気がします」

うん？　ジークムントは突然、何を言い出したのかしら。

「オレには姫君の過去をとやかく言う権利はありません。ただ、姫君は皇妃になられるのです。今後は、エッカルト陛下お一人に真心を捧げていただきたいです。ですから、この先も同じように不《ふ》埒《らち》な輩《やから》が現れたら、オレが全て払わせていただきます」

ええと、ものすごく回りくどい言い方をしているけど、ジークムントは私が騎士団総長として多くの騎士から慕われていた、と言いたいのかしら。

それから、私は帝国の皇帝に嫁ぐのだから、今後は母国の騎士たちと親しくするな、と言っているのかしら。

軍事力というのは国の要だ。だから、結婚後は母国の騎士たちと親しくしてはいけないことは承知している。

私は帝国の重要機密を知ることができる皇妃になるのだから、そんな立場で母国の騎士たちと親しくしていたら、情報漏洩《ろうえい》を疑われるだろう。

だから、疑われるような相手と一緒にいる私を見たら、それが母国の騎士であれ、それ以外の人物であれ、ジークムントが全て遠ざけると言っているのよね？

「それはご親切なことね」

ジークムントは私に感謝すると言ったから、恩返しのつもりなのかしら。

首を傾げて考えていると、ジークムントがきっぱりとした声を出した。

「オレはずっと自分のことをチェンジリングだと考えていました！　長年、皆から言われ続けてきたので、その言葉を信じていたのです」

純朴なジークムントらしいわね。

「一方で、たとえ血がつながっていなくとも、オレの家族は狼一族だと、これまでずっと考えてきました！　しかし、姫君はオレが神様に選ばれた個体で、両親とは血がつながっているのだと言ってくれました。だから、これからはもっと自信を持って、彼らを家族だと思うことにします!!」

ジークムントを見上げると、晴れ晴れとした表情をしていた。

この問題で一番のネックは、ジークムントが一族を好きなことだ。

狼族の性質なのか、虐《しいた》げられようとも、仲間外れにされようとも、ジークムントは無条件に一族を慕っているのだから。

そのため、どうすれば一番ジークムントのためになるのかしらと考えていたけれど、彼は初めから答えを出していたのだ。

ジークムントにとって狼一族は家族だから、家族と一緒にいることが彼の幸せなのだ、と。

だとしたら、これ以上狼一族の悪口を言っても、ジークムントを悲しませるだけだろうから、私は二度と狼一族の悪口を言わないわ。

ジークムントのことをチョロすぎると思ったけれど、私も似たようなものかもしれない。

普段と違い、弱々しい様子を見せるジークムントが心配になって、何とかしてあげたいと思うのだから。

ジークムントが狼一族と仲良くなる最善の方法は、両親がジークムントを血族として受け入れることだろう。

彼が前公爵夫妻と血のつながった実の息子だと判明すれば一番いいのだけど、血族の証明方法は見つかっていない。

しばらく考えた後、私は自分の手で解決することをあきらめた。

「想像だけど、エッカルト陛下は自らこの問題を解決するつもりで、狼領を訪れるのよね。全てを解決してしまったら、陛下ががっかりするかもしれないわ。よし、狼一族問題は陛下にお任せすることにしましょう」

他力本願な気もするが、とてもいいアイディアだ。

決して解決方法が浮かばなかったから、エッカルト皇帝に丸投げしようと考えているわけではないわよ、と自分に言い聞かせていると、ジークムントがぴくりと耳を動かした。

「陛下が何ですって?」

まあ、すごく小さな声で呟いたのに、ジークムントに聞こえたみたいね。

彼はエッカルト皇帝が大好きだから、皇帝に狼一族の問題を解決させようと考えていることがバレたら、恐縮して辞退しそうよね。よし、黙っていよう。

「何でもないわ。陛下との結婚式を素晴らしいものにするため、素敵な宝石を拾いたいわ、と言ったの」

私はにこやかな表情でそう告げると、「ところで」と宝石拾いについて話題を変えたのだった。

# 8

# 鉱山での宝石拾い

「宝石は鉱山の岩の中に眠っているのよね。私はこれから岩を掘削し、バラバラにして、その中から宝石を探せばいいのかしら？」

エッカルト皇帝は軽い調子で『宝石拾い』と言ったけれど、実際には岩を削って採掘するのよね、とジークムントに確認したところ、呆《あき》れたようにため息をつかれた。

「お姫様は意外とワイルドですね」

「ワイルド？　まさか、どこにでもいる繊細でか弱い令嬢を捕まえて、何てことを言うのかしら」

反射的に、母国の騎士たちが聞いたら目を剥《む》きそうな言葉をさらりと返す。

母国での私は騎士団の最高司令官であり、最上位の魔法使いだったから、皆に恐れられていた。

けれど、私は妙齢の女性でもあるのだから、皆から恐れられる生活というのは、できれば避けたいわよね。

その点、この国ではほとんど私のことが知られていないから、か弱いふりをしてもバレないいんじゃないかしら。

せっかく弱々しそうな見た目に生まれてきたことだし、獣人族にとって人間族は総じてひ弱らしいから、弱者に擬態するのもいいかもしれない。

そう考えて、繊細でか弱い令嬢を装ってみたところ、なぜかジークムントが疑うような表情を浮かべる。

あらあら、彼はサファライヌ神聖王国での私を知らないでしょうに、何を疑っているのかしら。

「お姫様はいつだって堂々としていて、焦ったり、困ったり、怯《おび》えたりすることがないですよね。たった一人で知らない国に嫁いできた十六歳のお姫様の行動としては、異常と言わざるを得ません」

「まあ、そんなことないわよ」

ジークムントったら大雑把《おおざっぱ》そうに見えて、意外と細かいところまでチェックしているのね。

「そんなことあります。実のところ、オレはいつだって、威圧感がすごいと言われるんです」

「はい？」

ジークムントはいきなり何を言い出したのかしら。

「『八聖公家』の当主は全員、威圧感がすごいので、多くの者は同じ空間にいるだけで耐えられず、青ざめたり、震え出したりするんです。それなのに、お姫様は初めからずっと、オレやルッツと平気で話をしていますよね。最初はものすごい鈍感なのかなと思ったんですが……そうではなくて、本当に平気なんですね」

何だかすごく失礼なことを言われたわと思ったものの、ここは言い返す場面ではないと判断し、きりりと誠実そうな表情を作る。

「何もしていないあなたたちを恐れるなんて、そんな失礼な真似《まね》はしないわ！」

どう答えるのが正解か分からなかったので、一番受けがよさそうな、礼儀正しい令嬢であることを強調してみたけれど、ジークムントは感銘を受けた様子もなく、疲れたように首を横に振った。

「オレが言いたいのはそういうことじゃないんですが、お姫様には分からないですよね。そして、分からないことが答えです。まあ、つまり、オレと対峙《たいじ》した相手が感じるのは本能的な、生物としての恐怖だから……何も感じないお姫様は強者《つわもの》なんですよ」

「…………」

『サファライヌ神聖王国で一番強いのは誰だ』と言われたら、全員が私を指差すくらいには強者だという自覚があったため、返事ができずに黙り込む。

たったそれだけで、ジークムントは何かを悟ったような表情を浮かべた。

それから、意外なことに私に気を遣ったのか、あっさり話を変えてくれた。

「まあ、いいです。オレには正解が分からないので、お姫様が繊細かどうかについては保留します」

「分かったわ」

多分、この時点で『強者だ』と決めつけられないだけでもめっけものだろう、とジークムントの言葉をさっさと受け入れる。

私は引き際を心得ているのだ。

「それで、宝石の話をしていたのでしたね。もちろん、宝石は通常、岩の中に眠っているので、人為的に掘削しなければなりません。しかし、我が国では特殊な虫を利用して掘削する方法を発見したんです」

「特殊な虫？」

初めて聞く話だったため、一体どういうことかしらと聞き返す。

すると、ジークムントは少しだけ得意そうな顔をした。

「ええ、より正確に言うと、特定の岩石だけを大量に食べる虫を発見しました。そのため、その岩石で構成されている鉱山に限定した話ではあるのですが、人為的に掘削することなく宝石を手に入れることができるようになったんです。幸運なことに、この鉱山もその一つです。虫が宝石を食べることはありませんので、食べ残された宝石は地面に落ちています」

「まあ、そんな便利な方法があるのね」

聞いたこともない画期的な方法を説明され、びっくりして聞き返す私に、ジークムントはさらに説明を加える。

「昨日、鉱山でそれらの虫が嫌う煙を焚《た》きました。そのため、今日一日は、虫たちは岩石の奥深くに隠れて出てこないはずです。姫君はゆっくりと通路を歩きながら、落ちている宝石を探すことができます。どうぞお好きな物をお選びください」

「分かったわ！」

宝石拾いはとっても簡単じゃないの、とにこにこしていると、ジークムントから訝《いぶか》し気に見つめられた。

彼の表情を見て、あら、私はまた何か間違えたのかしら、とぴたりと動きを止める。

けれど、思い当たることがなかったため、そのまま笑みを浮かべていると、ジークムントが首を傾《かし》げながら質問してきた。

「お姫様は虫が怖くないいんですか？　説明していませんでしたが、虫というのは十五センチほどもある、たくさんの足を持つ棒状の虫です。気持ちのいい見た目はしていませんよ」

そこまで言われてやっと、ジークムントが言いたいことを理解する。

あっ、もしかして私はここで、虫を怖がらなければいけないのかしら。

ご令嬢の多くは、虫が苦手だと聞いたことがある。

だからこそ、ジークムントは私と虫が遭遇することがないよう、煙を焚いてくれたのだろう。

実際のところ、私は騎士団の遠征で、長期の野営を経験しているから、『虫が苦手☆』なんて感覚はなくしてしまった。

けれど、繊細でか弱い令嬢という立ち位置を保ちたいならば、怖がってみせるべきだろう。

私は両腕で体を抱きしめると、眉を下げてジークムントを見上げる。

「ああー、ありがたいことね！　虫が出なくてよかったわ！　どうやら役に立つ虫らしいから、殲《せん》滅《めつ》したら苦情が出そうだし、十五センチもあるのなら硬くて食用にもならないだろうから、扱いに困るところだったわ」

「ボロが出るだけなので、もう黙ってください」

わざわざ繊細なご令嬢としてコメントしたというのに、ジークムントは顔をしかめて苦情を言ってきた。あらまあ、失礼しちゃうわね。

口を尖《とが》らせたものの、彼はそんな私に気付くことなく視線を下げ、驚いたように私の足元を見つめてきた。

「姫君、その足元は何ですか！」

「えっ、足元？　普通に靴を履いているだけよ」

驚かれるようなことは何もないわ、と高くて細いかかとが特徴のパンプスを見下ろす。

けれど、ジークムントは私と同じようには考えなかったようで、叱りつけるような声を出した。

「ここはパーティー会場ではないんですよ！　一体どうしてそんな歩きにくそうな靴を履いているんですか！　ブーツを履いてくるべきだと、常識で分かるでしょう!!」

「転ばないから大丈夫よ。私はいつだってピンヒールを履くの。だから、慣れているわ」

母国では、私がいつだってピンヒールを履くことは皆の共通認識になっていたから、わざわざそのことに言及してくる者はいなかった。

けれど、この国では皆が異なる反応を示すから新鮮だわ。

「いつだって、って……姫君は母国で騎士団のトップだったんですよね？　騎士服を着ていたんじゃないんですか!?」

「ええ、騎士服を着ていたけど、足元はピンヒールだったわ」

「……まさか戦場でもそうだとは言わないですよね？」

信じられないといった表情で尋ねてくるジークムントに、その通りだと頷《うなず》く。

「ええ、戦場でもよ！」

何たって、ピンヒールが一番バランスを取れるのだから、戦場という大事な場では自分に合った靴を履くべきよね。

これまでの経験上、ピンヒールを履いて困ったことは一度もないというのに、笑顔の私を見たジークムントは、「お姫様の常識を信用し、ブーツを持ってこなかったオレのミスです」と言うと、諦めた様子で項垂《うなだ》れた。

それから、気落ちした様子のまま、手に持っていた鳥籠を私に差し出してくる。

「靴は諦めました。せめて少しでも早く宝石拾いが終わるよう、こちらをお持ちください」

それは先ほど、ジークムントが鉱山の入り口近くにある小屋から持ち出したものだった。

一体何が入っているのかしらと興味を引かれながら、籠に被《かぶ》せられていた布を外すと、水色と黄色が混じった小鳥が現れる。

「まあ、小鳥？」

「はい、この鳥は宝石を感知する特殊な訓練を受けています」

籠の中を覗《のぞ》き込むと、小鳥がつぶらな瞳でこちらを見つめていた。

「宝石の在《あ》り処《か》を教えてくれる鳥なので、この鳥が鳴き出したら、周辺に宝石が落ちているということです。慣れてきたら、小鳥の鳴き方から、だいたいどの辺りに宝石が落ちているのかが分かるようになるでしょう」

「まあ、それはとっても素敵ね」

私は期待に満ちた眼差《まなざ》しで、籠の中を覗き込んだのだった。


ピチュイ、ピチュイと小鳥が鳴く。

私はさっと体を屈《かが》めると、目を皿のようにして地面を見つめた。

後ろを歩くジークムントが、手に持った灯《あか》り石《いし》で辺り一面を照らしてくれる。

「お姫様、この鉱山では様々な色の宝石が採れます。そのため、明らかに好みでなければ、そのまま捨て置いてもらって構いません。しかし、もしよろしければ、いったん全《すべ》ての宝石を持ち帰り、時間をかけてお好みの宝石を選ばれることをお勧めします」

確かに、この薄暗い中で宝石の色を正確に読み取るのは難しいから、いったん全ての宝石を持ち帰った方がよさそうね。

ジークムントの言葉に頷いていると、彼は少し考えた後に言葉を付け足した。

「あの、オレでよければ、宝石を選ぶのをお手伝いしますよ。いや、やっぱりオレはセンスがよくないのでダメですね！　オレには色彩感覚に長《た》けた知り合いがいるので、その者を紹介します」

多分、ジークムントは朝食時に彼の母親が言った言葉を思い浮かべているのだろう。

『宝石を拾うという慣習も、種族によっては残酷なものかもしれないわね。特に人間族は目がよくないと聞いているから、宝石の深い色合いを見極められずに、組み合わせが悪いものばかりを拾ってくるんじゃないかしら。大事なのは、全体の調和なのにね』

前公爵夫人は結局のところ、センスが大事と言いたかったのよね。

私はそう趣味が悪い方ではないと思うけど、特別よくもないのよね……と思いながら首を傾げる。

「でも、ウェディングドレスに合わせる宝石は、花嫁自身が選ばなければいけないんじゃないの？」

他の人の力を借りていいのかしら、と疑問に思って尋ねたところ、ジークムントは肩を竦《すく》めた。

「建前上はそうなっていますが、実際にはテーラーや宝石商に宝石の選定を頼むご令嬢が多いんです」

なるほど、よくある貴族あるある話ねと思ったけれど、もちろんルール通りにやっているご令嬢だっているはずだ。

そうであれば、皆の規範となるべき未来の皇妃がズルをしてはいけないわ。

「教えてくれてありがとう。でも、私は自分で選びたいわ」

やんわりとジークムントの提案を断ると、彼は顔を曇らせた。

どうやら心配されているようなので、彼ら獣人族が好む言葉に置き換えてみる。

「宝石拾いというのは一種の勝負よね！　そして、私はこれまで一度も勝負から逃げたことがないの」

獣人族は好戦的らしいから、こう言えば私の気持ちを受け入れてくれるんじゃないかしら。

そう思ったけれど、ジークムントは納得できない様子で首を傾げた。

「そうなんですか？　お姫様は自分のためにいいいい勝負を買うようなタイプには見えませんよ」

「えっ。……そうね、積極的に買ったことは、あまりないかもしれないわね。でも、売られた勝負は、いつだって言い値で買っているわ」

そうおとなしいばかりでもないのよ、と言ってみたのだけれど、ジークムントは顔をしかめた。

「そこがダメなんですよ！　言い値なんてもってのほかです！　基本は無料で、それが無理ならできるだけ安値で買い叩《たた》かないと」

ジークムントは公爵家当主らしからぬことを言うと、私の足元に視線を定めた。

何かしらと彼の視線を追うと、宝石がきらきらと輝いていた。

「あっ、宝石！」

先ほどから小鳥が鳴いていたけれど、こんなところに落ちていたのね、と手を伸ばして輝く石を拾う。

灯り石の光に近付け、まじまじと眺めると、それは金色に輝く小さな宝石だった。

「やったわ！　初めて見つけた宝石だから、記念に取っておこうかしら。一時間で一個だなんて、なかなか見つからないものなのね」

ジークムントは一か月近くの間、煙を焚く以外の目的で、この鉱山には人が立ち入っていないと言っていた。

そのため、たくさんの宝石が落ちていると思い込んでいたけれど、一時間歩いて入手した宝石は一個だけだ。

こんなものなのかしらね、と思いながらジークムントを見上げると、彼は苦虫を噛《か》み潰したような表情を浮かべていた。

「いえ、この数の少なさは異常です。誰かが今朝早くに鉱山に立ち入り、宝石を拾い集めたのではないか、と疑いたくなるくらい少ないです」

「さすがにそれは」

ジークムントが仄《ほの》めかしていることに思い至り、言葉を紡《つむ》げないでいると、彼はきっぱりと言い切った。

「ええ、オレの一族の仕業だと思います！」

ジークムントは落ち込んだ様子を見せたけれど、もちろん彼のせいではない。

宝石拾いの話を聞いた時、エッカルト皇帝は宝石がほとんど落ちていない鉱山を案内させ、『未来の妃《きさき》が拾えたのはこの程度の宝石でしかなかった』と、私に恥をかかせるつもりかしらと疑った。

皇帝が何かするかもしれないと考えたのは杞憂《きゆう》だったけれど、予想した悪い未来は現実になりそうだ。

私はほうっとため息をつくと、「困ったわね」と呟《つぶや》く。

「拾われてしまったものは仕方がないわ。私は一週間ほど狼《おおかみ》領に滞在する予定だから、その間に、虫たちが新たな宝石を発掘することを祈っておきましょう」

私に叱責されると考え、身構えていたジークムントは、ぽかんとした様子で尋ねてきた。

「えっ、それだけですか？」

彼の驚いた顔を見て、ああ、確かに祈るだけというのは他力本願すぎるわよね、とできることを付け足す。

「あなたの一族が今朝、慌てて宝石を拾ったのだとしたら、拾い残しがあるかもしれないわね。それを期待して、もう少し鉱山内を探すことにしましょう」

本来、鉱山は人の手で掘削するものだ。

そのため、鉱山に向けて魔法を放ち、ばらばらになった岩の中から宝石を見つける方法もあるだろうけれど、魔法の加減が難しそうだから最終手段にしておこう。

心の中では淑《しと》やかさとは無縁のことを考えながら、あくまでにこやかに提案すると、ジークムントはそうではないと首を横に振った。

「いや、そうでなく、今からオレたちの一族をとっちめに行かないんですか？」

じれったそうに尋ねてきたジークムントの言葉を、私はきっぱりと否定する。

「ええ、行かないわ。花嫁は自ら宝石を拾うものでしょう。既に拾われた宝石を回収したとしても、それは……カツアゲ？　になるんじゃないかしら」

狼一族は私がどんな人間なのかを見極めている段階なのだから、恫喝《どうかつ》するような真似はやめた方がいいわよね。

そう考えながら、ジークムントが共感しやすいよう、市井《しせい》で少年が使う言葉を混ぜてみる。

すると、案の定、彼はその単語に食いついてきた。

「カ、カツアゲ!?　本当に姫君は強者の考えをしますね！　いえ、そうでなく、皇帝陛下のお声がかりで、当主のオレが了承した案件ですから、正当性は姫君にあります！　本来、姫君が拾うべきだったものを奪われたんですよ!!」

熱心に言い募ってくるジークムントを見て、どうして彼は私の立場に立って考えてくれるのかしら、と不思議になる。

「そう、でも……」

「でも？」

「あなた、一族の者をとっちめるのは嫌でしょう？」

当然の質問をすると、ジークムントは心底びっくりしたように目を真ん丸くした。

「えっ！　お、お姫様はオレのためを思って、狼一族の狼藉《ろうぜき》を見逃してくれようとしているんですか!?　……め、女神ですか!!」

ジークムントの口からとんでもない言葉が飛び出てきたため、私はぎょっとする。

「いや、だから、ジークムント、あなたって……」

やっぱりチョロすぎるんじゃないかしら。

私より頭一つ大きく、鍛えられた肉体を持つ大柄なジークムントが頬を赤らめ、感激した様子でぷるぷる震えている。

そんなジークムントはとっても可愛《かわい》らしかったため、私は苦笑しながら彼を見上げたのだった。


手のひらに載せた宝石を、私はじっと見つめた。

ほんのわずかだけど、拾ったばかりの宝石は魔素を発している。

「……面白いわね」

王女として、これまで様々な宝石を手に取ってきたけれど、魔素を含んだ宝石など一度も見たことがなかった。

この鉱山は特殊な場所なのかしらと思いながら、手の中の宝石に意識を集中させる。

魔素を発するものであれば、魔法使いである私の領分だ。

この魔素と同種のものを探索することで、新たな宝石を見つけることができるかもしれない。

そう考えた私は、鉱山内で魔素の気配を探っていく。

浅く、浅く探索すれば、岩から取り出された宝石だけを検知できるんじゃないかしら、と辺り一帯を探ってみたけれど、何も引っかかってはこなかった。

……うーん、近くにはないようね。

「この辺りの宝石は拾われてしまったみたいだから、もっと奥に行きましょうか」

ジークムントに提案すると、彼は不賛同を示すように顔をしかめた。

「確かに、一族の拾い残しがあるとしたら、鉱山の奥になるはずです。しかし、この鉱山は広いうえ、道が何本にも分かれています。あまり奥に入りすぎると、迷ってしまう恐れがあります」

「大丈夫よ、私は地理に強いの」

どんと胸を叩くと、疑うような表情で見つめられる。

「いや、お姫様がこの鉱山に来たのは初めてですよね。迷宮のようになっている坑道で、迷わずにいるのは至難の業です」

ジークムントは食い下がってきたけれど、ここで帰るわけにはいかないわ、と自信あり気に胸を張る。

「サファライヌ神聖王国には八つの迷宮《ダンジョン》があったし、何度も入ったことがあるけれど、一度も迷わなかったわ！」

だから、大丈夫よと笑みを浮かべたところ、ジークムントは盛大に顔をしかめた。

「それは、お姫様に付き従った騎士たちが有能だったということでしょう！　……いえ、分かりました！　これは王国騎士とオレの勝負ですね！　彼らにできて、オレにできないはずがありませんっ!!」

なぜか突然、ジークムントの勝負魂に火がついたようで、彼は灯り石を高く持つと、ずんずんと先に立って歩き始めた。そんな彼の姿を、私は呆れて見つめる。

いえ、そうではなくて、魔法で道に印を付けるから迷うことはない、と言いたかったんだけど、……まあ、いいわ。ジークムントがやる気みたいだから、任せましょう。

私はカツカツとヒールの音を響かせながら、ジークムントの後についていったのだった。

しかしながら、黙々と歩き続けた結果、辿《たど》り着いたのは行き止まりだった。

目の前は全て、厚い岩で塞がれている。

「あ、あれ、道を間違えたかな？」

じとりとした目でジークムントを見つめると、彼は慌てた様子でポケットから鉱山内の地図を取り出した。

それから、ああでもないこうでもないとぶつぶつ呟いたと思ったら、顔を上げて所在なさ気に頭をかく。

「すみません、道を一本間違えたようです。どうやら『不壊《ふかい》の壁』に出てしまいました」

「『不壊の壁』?」

私は目の前を塞ぐ壁に視線をやった。

「ええ、ここは狼城の真下にあたります。この辺りには質が違う、硬い岩盤ばかりが埋まっているようで、硬くて壊すことができないんです。虫もここの岩は食べませんし、八方塞がりなので、この場所は放置してあるんです」

「そうなのね」

壊すこともできず、虫も食べないという岩が気になって、私は目の前の壁に両手を伸ばす。

それから、『不壊の壁』にぴたりと体ごとくっつけたところ、岩の何かが私と共鳴したような感覚を覚えた。

「あら?」

「どうかしましたか?」

ジークムントが近付いてきたところで、壁に預けていた体がぐらりと傾く。

「えっ⁉」

なぜか硬いはずの岩に体がめり込んでいくわ……と思った瞬間、まるで大きな波でも来たように、寄り掛かっていた壁と足元の地面がぐにゃりと歪《ゆが》んだ。

驚いて目を丸くすると、足元にぽっかりと穴が開くのが見える。

「お姫様！」

ジークムントは驚愕《きょうがく》した様子で叫ぶと、ものすごい跳躍力で私のもとまでジャンプしてきて、まるで荷物であるかのように軽々と私を抱き込んだ。

私の視界はジークムントの体に塞がれ、何が起こっているのか把握するのが遅れたけれど、浮遊感を覚えたことから、先ほど見えた穴に落ちたことに気付く。

できるだけ体を小さくしていると、数瞬の後に地面に着地したような衝撃が体に走った。

同時に、ジークムントが私の顔を覗き込んできて、焦ったような声で尋ねる。

「大丈夫ですか、お姫様⁉」

一番に私の無事を確認する騎士道精神と、私を抱えたまま着地したにもかかわらず、ぴんぴんしている身体能力の高さは称賛に値するわね。

私は笑みを浮かべると、大丈夫よと頷いた。

「ええ、あなたのおかげで、怪我《けが》一つしなかったわ！　ありがとう」

感謝を込めてそう言うと、ジークムントは安心した様子で私を地面に下ろした。

それから、ここはどこかしら、と二人できょろきょろと辺りを見回す。

そこは細長い通路らしき場所所で、足元には綺麗《きれい》な色の石畳が整然と敷き詰められていた。

天井は高く、通路幅も広く、等間隔で飾り柱が設置されている。

それらを目にした途端、ジークムントは緊張した様子で息を呑《の》んだ。

「姫君、オレはこの場所を知っています！　ここは廊下で、等間隔にランプが設置されていますよね。オレはあのランプを見たことがあるんです！」

「そうなのね」

ジークムントが指差した先には、飾り柱からぶら下がった洒落《しゃれ》たランプがあったのだけど、そのランプはピンク色のガラスで覆われていた。

その色を見たことで、私にもここがどこだか分かった気になる。

果たしてジークムントは、私が想像した通りの言葉を口にした。

「王都の皇宮の下にある古代遺跡です！　ここは古代遺跡と同じ造りをしています!!」

「……でも、私たちは鉱山からまっすぐ下に落ちたわよね。だから、ここが皇宮の地下のはずないわ」

転移門をくぐった感覚は一切しなかったから、私たちが今いるのは狼領のはずだ。

私の言葉を聞いたジークムントは、さらなる緊張で顔を強張《こわば》らせた。

「……その通りです。何てことだ！　もしかしたらオレたちは、新たな古代遺跡を発見したのかもしれません!!」

それはあり得ることねと思いながら、私はジークムントに彼自身の発言を思い出させる。

「ジークムント、あなたは言ったわよね。『古代遺跡があるのは力がある場所ばかりですから、その上に重要な建物を建てるんです』って」

「言いましたが……」

ジークムントは同意しかけた後、私が何を言おうとしているかに思い至ったようで、ぴたりと口を噤《つぐ》んだ。

けれど、私は口を噤むことなく、思ったことを言葉にする。

「ここは狼城の真下という話だったわ。偉大なる狼公爵が住む城なのだから、その地下に古代遺跡があったとしても不思議はないわ」

ジークムントは真っ青になって震え始めた。

「いや、しかし、『八聖公家』に名を連ねてはいますが、狼一族の序列はナンバー7《セブン》です。我が国ではこれまで、古代遺跡は二つしか見つかっていないんですよ」

ということは、皇宮の地下の他に、もう一つ古代遺跡があるのねと考えていると、ジークムントは突然、我に返った様子で声を上げた。

「いや、それよりも！」

ジークムントは青ざめた顔のまま、きょろきょろと周りを見回す。

「ここが古代遺跡であれば、魔女の使用人がいるはずです！　彼らは躊躇《ちゅうちょ》なく侵入者を攻撃してきますから、使用人たちと遭遇する前に出口を探さなければなりません」

「そうね」

返事をしたことで、先日、エッカルト皇帝が魔女の使用人に攻撃され、額から血を流していた姿を思い出す。

実際にエッカルト皇帝が戦った姿を見たことはないけれど、立ち姿や体付きから判断するに、彼は相当強いはずだ。

そんな皇帝に怪我を負わせることができた魔女の使用人は、やっぱり強いのだろう。

「だからと言って、魔女の使用人を攻撃し返したら、本格的にエッカルト陛下から嫌われるのでしょうね」

穏やかに話をしてくれるものの、彼が心の底では私を嫌っているのは分かっている。

私の兄のように嫌いな者を嫌いと感情のまま表明するのではなく、エッカルト皇帝は嫌いな相手の喉元に噛みつく最も効果的なタイミングを狙って、表面上は穏やかに接することができるタイプなのだろう。

「彼は最も気を付けなければいけない種類の人間ね」

ぼそりと呟くと、ジークムントが私を後ろに庇《かば》うようにしながら、注意喚起を促した。

「お姫様、先ほどから勇ましいことを言われていますが、決して魔女の使用人を攻撃しようなんて思わないでくださいね！　そんな細い腕じゃ、何のダメージも与えられませんから。あああ、それよりもヒールを引っ掛けて転ばないでくださいよ」

まあ、どうやら私はお荷物と思われているようだわ。自分の身くらい自分で守れるし、せっかく古代遺跡に来たのだから、何なりと役に立ちたいのに。

――先日、怪我をしたエッカルト皇帝に遭遇した時から、私にはずっと疑問に思っていたことがある。

それは、皇帝は古代遺跡で何をしていたのかしら、ということだ。

ジークムントは皇帝の行動を『見回り』だと言っていたけど、公爵たちに任せることなく、皇帝が自ら危険な遺跡を見回っていた理由は何なのかしら。

これまでの彼の行動から推察すると、帝国に関することではなく、皇帝自身に関する何かが古代遺跡にある、と考えるのが自然よね。

私は心の中でジークムントに謝罪しながら、鎌をかける。

「せっかくだから、ここで『皇帝陛下の探し物』を探すのはどうかしら？」

「えっ、どうしてそれを！」

驚いた様子のジークムントを見て、やっぱり皇帝の探し物が古代遺跡にあるようねと確信する。

エッカルト皇帝と円満な結婚生活を送るには、嫌われたままの状態でいるのは難しいから、どうにか関係を改善したいと思っていたのよね。

そして、古今東西、相手の機嫌をよくするアイテムは、本人がほしがっている贈り物だわ。

せっかく古代遺跡に皇帝の探し物があると分かったのだから、あわよくばこの遺跡で『皇帝陛下の探し物』を見つけたいわよね。

そのためにはまず、ジークムントを説得しないといけないわ。

「ジークムントは魔女の使用人は攻撃的で危険だと言っていたわよね。でも、ほら、私はピンク色の髪をしているから、彼らは私のことを魔女だと思って、攻撃してこないかもしれないわ」

私の言葉を聞いたジークムントは、ものすごく呆れた顔をした。

「それはあり得ません！　何たって数百年もの間、魔女を慕って古代遺跡に住み続けている者たちです。髪色だけで騙《だま》されるはずがありませんよ!!」

# 9

## 狼《おおかみ》公爵領の古代遺跡

「言いたかないですけど、お姫様は箱入りの王女様なんです！　発言の全《すべ》てが夢見がちで、幻想混じりなんです！　遊びでは済みませんから、古代遺跡で陛下の探し物を探そうとしないでください!!」

真剣な表情で言い募るジークムントを前に、私は頭を抱えた。

ああー、繊細でか弱い令嬢を装おうとしたことが裏目に出てしまったわ。

やっぱり私は私のままでいるべきね。ずっとおとなしくしていることは、我慢できないみたいだから。

「ジークムントの言うことはもっともだけど、古代遺跡はエッカルト陛下にとって大切な場所だから、こんな機会でもない限り、私は二度と入らせてもらえないはずよ。だから、滅多にないチャンスを逃すつもりはないわ。忘れているようだけど、私は『破滅の魔女』の称号を冠する、最強の魔法使いなのよ」

正直に告白したというのに、ジークムントは苛立《いらだ》たし気に顔を歪《ゆが》めた。

恐らく、彼はどうにかして私を守ろうとしているのに、私がちっとも言うことを聞かないからイライラしているのだろう。

「人間族のままごと遊びなど、ザルデイン帝国では通用しないんですよ！」

腹立たし気に吐き捨てるジークムントに対し、私はにこやかな笑みを浮かべる。

「じゃあ、出口を探すついでに、エッカルト陛下の探し物を探すくらいはいいわよね？　私が勝手にすることだから、何かあってもあなたに落ち度はないわ。ほら、いけ好かない人間族を痛い目に遭わせるチャンスよ」

ジークムントはぷいと顔をそむけた。

「……もういけ好かない相手だとは思っていません。たとえそうだとしても、女性を積極的に傷付けることはしません」

うーん、ジークムントはこんな性格で、よく粗野なタイプを演じようと思ったわね。

無理がありすぎるのじゃないかしら。

呆《あき》れてじとりと見つめたところ、ジークムントは頬を赤らめながら歩き出した。

そのため、私も後に続く。

しばらくはまっすぐな廊下が続き、左右に部屋の扉がいくつも見えたけれど、ジークムントはその扉の全てを無視した。

「エッカルト陛下の探し物が、この遺跡で見つかるといいわね」

私は下手《へた》なことを言わないようにと気を付けながら、探索を諦めていないことを匂わせる。

するると、私の言葉がジークムントの何かに触れたようで、彼は顔を歪ませた。

「オレもそう思います。皇宮の地下にある古代遺跡のものは、だいたい取り尽くしてしまったので、最近の陛下は体調が悪そうですから」

それは私も感じていた。

エッカルト皇帝は私のことを敵だと思っているから、決して弱みを見せようとしないけれど、時々乱れる呼吸や、不自然に滲《にじ》む汗から、どこか体調が悪いのだろうと思っていた。

この話の流れで、ジークムントが皇帝の体調を話題にしたということは、古代遺跡の探し物が皇帝の体調改善に役に立つということだろう。

「つまり、この古代遺跡は発見されたばかりで手つかずだから、エッカルト陛下の体調を改善させるアイテムが眠っている可能性が高いということね？」

「……そうですが、皇帝陛下は今すぐどうにかなりそうなほどではありません。今日のところは、お姫様を無事に地上に連れていくのがオレの役目です」

うーん、ジークムントは本当に騎士道精神に溢《あふ》れているわね。

でも、彼がエッカルト皇帝を大好きなことも分かっているわ。

私は片手を頬に当てると、従順そうな表情を作る。

「病める時も健やかなる時も、支え合うのが本物の夫婦だと思うのよね。たとえ陛下が今すぐどうにかなるわけではないとしても、少しも苦しんでほしくないわ」

「…………」

ジークムントが迷う様子を見せたため、もう一押しだと言葉を重ねる。

「実のところ、エッカルト陛下は時々、とても苦しそうにしているのよ。多分、あなたの前では強がっていて、そんな姿を見せないでしょうけど」

実際には、エッカルト皇帝は私の前でも弱っている姿を見せないけれど、これくらい言わないとジークムントは決断しないでしょうね、と大袈裟《おおげさ》に言ってみる。

すると、ジークムントは泣きそうな表情を浮かべた。

「オレは陛下のためなら何でもします！　姫君はオレの一族を見たから理解できるでしょうが、当主を交代する際、オレはチェンジリングだから、傍系に当たる従兄《いとこ》を公爵に据えようという動きがあったんです。けれど、エッカルト陛下が『次の当主はジークムントだ』と言い切って、狼《おおかみ》一族を説得してくれたんです」

皇帝を唯一の王と戴《いただ》いてはいるものの、獣人族は各種族の自治を大事にしていると本で読んだ。

だから、エッカルト皇帝の行動は、通常の行動から逸脱しているのじゃないかしら、と考えた私は間違っていなかったようで、ジークムントが説明を続ける。

「通常、皇帝陛下が他の一族の当主争いに口出しすることはありません。いらぬ軋轢《あつれき》を生みますから。しかし、陛下はそのリスクを分かっていながら、オレを指名してくれました。その恩を、オレは決して忘れません」

ジークムントは実直なタイプだから、受けた恩義を絶対に忘れないのね。

そして、確かにエッカルト皇帝も、ジークムントに慕われるような立派な行動をしたのだわ。

「ご存じの通り、皇帝陛下は定期的に魔女に関するものを体内に取り入れないと、健康を保っていられません」

ジークムントが何気なく口にした言葉は、驚くような内容だったため、思わず立ち止まると目を丸くする。

すると、私の表情を見たジークムントが訝《いぶか》し気な表情を浮かべた。

「どうしてそんな表情をするんですか?」

「えっ、い、いえ！　何度聞いても驚く話だわ、と思ったの」

慌てて言い訳をすると、ジークムントが納得した様子で頷《うなず》いたため、えっ、これで騙《だま》されるのねとびっくりする。

うーん、ジークムントは素直すぎるんじゃないかしら。

ジークムントが再び歩き出したので、私も後に続く。

「当然のことですが、魔女の魔力が多く含まれているものほど、陛下の体調改善に効き目がります。たとえば皇宮の庭には、魔女の畑がありますよね。そこに植わっている植物にもうっすらと魔女の魔力が含まれているので、陛下の食事には毎回、それらの植物が使用されています」

「興味深い話ね。一体どんな作物が実っているの？」

「いいえ、作物は実らないので、作物の葉っぱを食べている状態ですね」

私はぎょっとして、驚きの声を上げた。

「えっ、大帝国の皇帝の、とっておきのご馳走《ちそう》が葉っぱですって？」

私の声は大きかったようで、ジークムントは焦った様子で人差し指を唇に当てる。

「しー、静かにしてください！　それから、仕方がないことなんです。畑の植物が枯れることはありませんが、魔女がいなくなって以来、作物が実らなくなったんですから」

葉っぱかあ、葉っぱねえ、と未《いま》だ衝撃から立ち直れない私は、口の中で呟《つぶや》いた。

「そうなのね。それで、葉っぱよりももっと魔女の魔力を含んだ遺物が、この古代遺跡にあるってわけね」

ジークムントはその通りだと頷く。

「実のところ、魔女の魔力は特殊な結晶にして閉じ込めることができます。オレたちはそれを『魔女石』と呼んでいますが、古代遺跡には過去の魔女たちが作った『魔女石』が格納してあるんです。少なくとも、皇宮の地下にある古代遺跡にはそれらがありました。そのため、陛下は定期的にその石を採取し、魔女の魔力を浴びているんです」

なるほど。だから、先日の皇帝は、皇宮にある古代遺跡に入って、それらの『魔女石』を探していたのね。

自分のためのものだから、公爵たちに頼むことなく、自ら足を運んだのだわ。

「魔女の魔力は一体どのようなものなの？」

どんなものなのかが分かれば、古代遺跡のどこにあるのか探ることができるかもしれないわ。

「えっ、魔女の魔力ですか？　それはもう心地よくて、優しくて、最高にオレらを高めてくれるものですね!!」

うーん、そんな感覚的な話をされても全《まった》く分からないわ。

……というか、こちらに向かってくる魔力の塊がいくつかあるわよ。これは魔女の使用人たちじゃないかしら。

「ジークムント、何者かがこちらに向かってくるわ。恐らく魔女の使用人じゃないかしら。隠れましょう」

私はそう言うと、廊下に並ぶ扉の一つに近寄り、ドアノブを掴《つか》んだ。

「えっ、ま、魔女の使用人？　どうして分かるんですか？　あ、というか、その扉は開きませんよ！　それらは全てフェイクで、古代遺跡で開くことができる扉は……えっ!?」

ジークムントは何かごちゃごちゃ言っていたけれど、私はそのまま扉を開くと、ジークムントの手を掴んで部屋の中に引っ張り込む。

危険はないかしら、と注意深く見回したところ、そこは豪華な調度品で埋め尽くされた広い部屋だった。

「どなたか偉い人の部屋かしら？」

まるで誰かが住んでいるように綺麗《きれい》に保たれていると考えていると、ジークムントがへなへなと床に膝をつく。

「ジークムント⁉」

「ひ、あ、こ、ここは、ま、魔女の部屋ではないですかね？」

「え、そうなの？」

「もちろん、入ったことがないので分かりません。しかし、こんな心地いい空間、他に考えられません。あっ、力が抜ける……」

まあ、ジークムントがへにょへにょになっているわと思っていると扉が開き、手のひらサイズのリスが三匹入ってきた。

「魔女の使用人！」

ジークムントはすかさず立ち上がると、私を庇《かば》うように前に立つ。

「えっ、あれはリスでしょう？」

「違います！」

ジークムントが身構えるより早く、リスがジャンプして腕を振り下ろしたと思ったら、風の刃《やいば》が飛んできてジークムントに傷を負わせた。

それから、ジークムントが受け止めきれなかった刃が、私の右腕に突き刺さる。

「お姫様！」

「えっ？」

驚いたわ。このリスのような生物は、ものすごく高密度の魔法を放つのね。立派な魔法使いじゃないの。

「これほど手練《てだ》れの魔法リスを傷付けないでいるのは、至難の業ね」

エッカルト皇帝が傷を負うはずだわ。

そう考えながらジークムントの前に立とうとしたけれど、彼は腕を伸ばすと邪魔をしてきた。

明らかに深い傷を負っているのに、まだ私を守る気のようだ。

「お姫様、怪我《けが》を負わせてしまってすみません！　しかし、これ以降は絶対に攻撃を届かせませんから、ご安心ください！　この後、オレが合図をしたら部屋から走り出てください。オレもすぐに続きます」

本当に立派な騎士道精神だわ。

でも、ジークムントは肩から腹にかけていくつもの深い傷を負っているから、これ以上動かない方がいいし、できるだけ早く手当てを受けた方がいいわ。

「ジークムント、私は大丈夫よ。だって、私は『破滅の魔女』だから」

きっぱり言い切ったものの、私の得意な火魔法を使ったら、このリスたちは黒焦げになってしまうわね。

『魔女の使用人』は大事な存在らしいから、黒焦げにしたら皇帝から恨まれそうよね。

「ジークムントは氷魔法が使えるかしら？」

「オレは一切の魔法が使えません！」

「……そうなのね」

ジークムントはすごく強いと聞いていたから、てっきり魔法が使えると思っていたけど、どうやら勘違いだったようだ。

ああー、あわよくばジークムントに氷魔法で魔女の使用人を捕縛してもらいたいと思ったけど、そう上手《うま》くはいかないわよね。

「ううう、私は氷魔法が苦手なのよね」

でも、私しかやれないというのであれば仕方がないわ。

問題は詠唱する時間が取れるのかということだけど、それはジークムントに任せましょう。

ジークムントは騎士道精神に溢れているから、引き受けてくれるはずだわ。

「ジークムント、五秒間稼いでちょうだい！」

「えっ、腰が抜けたんですか？」

頓珍漢《とんちんかん》なことを言うジークムントに苦笑すると、私は時間稼ぎを彼に任せて呪文を口にした。

「我は定義者なり」

――唱えたのは、たった一言。

けれど、己が何者かを明らかにしたことで、私の言葉に呼応して、その場の空気がびりびりと震え始める。

――魔法使いは特別な存在だ。

そのため、上位の魔法使いになればなるほど、その空間を自分の領域に変えてしまう。

それは私も例外でなく、私の周りに魔素を帯びた特別な空気が充満し始めた。

瞳に、髪に、指先に、魔力が満ちる感覚を覚えると同時に、私は恍惚《こうこつ》とした声で呪文を唱える。

「我が手から放たれた水は氷となり、我の視界に映る一切を凍らせよ！　『瞬間氷結』‼」

腕を伸ばしながら呪文を唱えると、私の手から噴出した水は瞬時に氷に変わり、魔女の使用人たちの体全体に絡みついた。

それから、そのまま魔女の使用人を床に凍り付ける形で捕縛する。

辺り一面の床がびきびきと凍り付き、魔女の使用人たちの下半身は氷漬けになって、床と同化した。

「傷を付けずに捕まえたわ！」

苦手な氷魔法にしてはよくできたのじゃないかしら。

そう満足して、凍った氷に閉じ込められた魔女の使用人を見つめたけれど、相手は私を見ると、にまりとした笑みを浮かべたのだった。


「ひゃあっ、怖っ！　こ、こんな可愛《かわい》い姿をしているのに、にまりと凶悪に笑ったわよ!!」

恐ろしさを共有しようとジークムントに訴えたけれど、彼は返事をすることなく、真っ青な顔で見つめてきただけだった。

それだけでなく、口を開いたかと思ったら、自分が言いたいことだけを口にする。

「お……お姫様……い、今の魔法は何ですか？　オレはこんなすごい魔法、これまで一度も見たことがありません!!」

いや、氷魔法は不得意なので、褒められても恥ずかしいだけだわ。

「ええと、今の魔法は大したことなかったわ。恥ずかしいから褒めないでちょうだい」

正直な心情を口にしたというのに、ジークムントは何かを閃《ひらめ》いた様子で目を見開いた。

「これほどの魔法を大したことないって……はっ！　なるほど、これが人間族の謙遜か!!　恐らく、大陸でも五本の指に入る魔法使いだろうに何てことだ!!」

や、もうホントにやめてちょうだい。ジークムントは何か閃いた表情を浮かべているけど、何も閃いていないからね。

そんな私の心の声が届くはずもなく、ジークムントは感心した様子で両手を広げた。

「素晴らしいです！　お姫様はものすごい魔法使いだったんですね！　『破滅の魔女』……冠された称号に負けない、最高の魔法使いです‼」

ジークムントが手放しで褒めてきたため、私は恥ずかしくなって俯《うつむ》く。

ああ、そう言えば、獣人族は強い者を尊ぶ一族だって本で読んだわ。

もしかしたらジークムントは魔法が一切使えないから、魔法の強弱の判断ができないんじゃないかしら。

だから、これっぽっちの魔法をすごいものだと誤認しているのだわ……と思ったところで、ぐらりと体が傾く。

「お、お姫様⁉」

慌てた様子でジークムントが走り寄ってきたけれど、私にも何が起こったのか分からない。

腕に傷を負ったけれど、命にかかわるようなものではないはずだ。

これっぽっちの魔法を使っただけで魔力切れを起こすはずもないし、なぜ体がふらふらするのかしら。

そう不思議に思う私を、ジークムントは近くにあった長椅子の上に座らせると、慌てて部屋を出ていこうとした。

「水を探してきます！」

「ジークムント、待ってちょうだい。あなたは酷《ひど》い怪我をしているのだから、動いてはいけない……」

踵《きびす》を返したジークムントを止めようと、よろよろと立ち上がったけれど、彼は私の声が聞こえない様子で、扉から飛び出していった。

困ったわ、と壁に手をついたところで、その壁がすっと消えてなくなる。

「えっ、隠し部屋?」

壁を触っただけで新たな部屋が現れるなんて、何て雑な造りかしら。

興味を引かれて覗いてみると、そこは小さな部屋で、室内には鏡台がぽつんと一つだけ置かれていた。

見たところ普通の鏡台だけど、どうしてわざわざ隠してあったのかしらと不思議に思い、ふらふらしながら近づいてみる。

何か面白いものでも映るのかしらと覗いてみたけれど、残念ながらそんなことはなく、ただ私自身が映り込んだだけだった。けれど……。

「えっ、赤い瞳?」

私は鏡に映った自分の姿をまじまじと見つめる。

驚くべきことに、青いはずの私の瞳が赤色に変化していたからだ。

「嘘《うそ》でしょう? ピンクの髪に赤い瞳だなんて……最上位種の『魔女』じゃないの!」

なぜだか分からないけど、何度見返しても、私の瞳は赤色に見える。

そして、薄暗い部屋の中できらきらと輝いていた。

赤い瞳を見たことで、この国に来てから散々聞かされた魔女についての言い伝えが、頭に浮かんでくる。

『「魔女」はピンク色の髪に赤い瞳を持つ「はじまりの種族」で、全てに祝福を与える存在なり』

それから、私の脳裏に、いつだって私を馬鹿《ばか》にする、帝国皇帝の側近である『八聖公家』の当主たちの声が蘇《よみがえ》ってきた。

『魔女はオレたちにとって、神聖で不可侵なるご存在だ！　オレたちが今ここにあるのは、全て魔女のおかげだからな!!』

『魔女は最古の種族であり、はじまりの種族なのです。その御恩は僕たちの血と肉に刻み込まれています』

さらに、私の婚約者であるエッカルト皇帝の声が。

『私は魔女に心臓を捧《ささ》げている。彼女が死ねと言ったら死ぬし、彼女が現れたら全てを捧げるだろう』

「待って、待って！　帝国の全員から敵視されている私が、その復活を希《こいねが》われている魔女だなんて悪い冗談よね？　だって、私の瞳は青のはずなのに。ああー、でも、どこからどう見ても赤い瞳だわ。いつの間に変化したのかしら。ううう、どうしよう、バレたら全員から跪《ひざまず》かれるのかしら」

嫌だ、嫌だ。

あれほど毎日、顔を合わせるたびに嫌味を言ってくる連中が、ころっと手のひらを返しておべんちゃらを言い始めるなんて、考えただけで耐えられないわ。

皆だって、今さら私を崇《あが》め奉《たてまつ》るなんて屈辱でしょうし。

それとも、魔女が現れたと歓喜するのかしら。

あー、普段の魔女への傾倒具合を考えたら、歓喜しそうよね。

「ううう、いつだって私を蔑んでくる公爵たちが、猫なで声でしゃべってくる姿なんて見たくないわ」

そもそも、彼らのそんな姿を想像することができない。

「下手したら、私のことを嫌っている皇帝ですら、私に執着して愛を囁《ささや》いてくるのかしら」

いや、さすがにそれはないわよね。

あれだけ私を嫌っているのだから、今さらそんな恥ずかしい真似はできないはずよ。

それとも、屈辱的な気持ちを抑え込んで、私に愛を囁くのかしら。

思わず私の前に跪く皇帝の姿を想像してしまい、顔が真っ赤になる。

「ぎゃあ、これは想像してはいけないやつだったわ！」

そうだった、皇帝は類を見ないほどのイケメンなのだ。

あれほどのイケメンが私に触れ、切なそうに言い寄ってきたとしたら、私の心臓がもたないわ。

私はふるふると大きく頭を振ると、頭の中からイケメン皇帝の姿を追い出す。

それから、大きなため息をついた。

「はあ、どうしてこんなことになったのかしら？」

脱力しながら、鏡台の前にある椅子に座ったところで、ジークムントが戻ってくる。

「姫君？　どちらですか⁉」

私の姿を見失ったジークムントの焦った声が、隣室から聞こえた。

「ここよ、隣の部屋にいるわ」

返事をすると、ジークムントはどかどかと足音荒く小部屋に入ってくる。

「姫君、お水です！　不思議なことに、廊下で行き合わせた魔女の使用人が、オレに水入りのグラスをくれたんです……ぎゃー‼」

ジークムントは大事そうにグラスを差し出してきたけれど、私と目が合った途端、大声を上げてグラスを床に落とした。

その途端、グラスは粉々に砕け、中の水が四方八方に飛び散る。

けれど、ジークムントはグラスが割れたことにも気付かない様子で、目を丸くして私を見ていた。

「ジークムント？」

微動だにせず立ち尽くすジークムントを見て、息をしているのか心配になり名前を呼ぶと、彼はまるで乙女のように膝をくっつけてぺたりと床に座り込む。

そこはたった今ジークムントが零《こぼ》した水でべちょべちょに濡《ぬ》れていたけれど、彼は気にする様子もなく、頬を染めてうっとりと私を見上げた。

「ま、魔女様……」

ああ、やっぱり、私は魔女に見えるみたいね。

「ええと、ジークムント」

なぜか分からないけど、私の瞳は変色してしまった。

この大陸では、ピンク色の髪に赤い瞳を持つ者を魔女と言うらしいから、私は魔女になってしまったのかしらと尋ねるより早く、ジークムントが確信を持って発言する。

「な、何てことだ！　お姫様は魔女だったんですね！　ああ、これまでの無礼を死んでお詫びします!!」

本気で言っているように聞こえたため、私はぎょっとして大きな声を上げた。

「えっ、やめてちょうだい！　冗談でもそんなことを言ってはいけないわ」

「冗談ではないので言わせてください！　そして、実行させてください!!」

「ますます悪いわ。お願いだから、もう二度とそんなことを言わないでね」

「うぐっ、ま、魔女のお願い！　何という強制力だ!!　はい、分かりました！　魔女のご命令であれば、全て従います！　二度と言いません!!」

ジークムントの素直すぎる言葉を聞いて、何だか面倒なことになりそうだわと思った私は、話を変えようと彼の背後を指差す。

「ジークムント、あなたの後ろに魔女の使用人がいっぱいいるわ」

私が発言した通り、リスだけでなく、猫やうさぎまでもが扉から顔を覗かせると、二足歩行でひょこひょこと歩きながら近付いてきた。

ただし、先ほどまでと異なり、全ての魔女の使用人から殺気が失われているようだ。

ちらりと見ると、下半身が氷漬けになったリスたちも、殺気を収めてこちらを見ていた。

ジークムントが一切身構えていないことから、彼もそのことに気付いているのだろう。

「どうやら私たちを攻撃する気はなくなったようね」

ジークムントは酷い怪我をしているから、これ以上争わなくて済むのならよかったわと笑みを浮かべると、彼は当然だとばかりに大きく頷いた。

「もちろん、攻撃なんてされるはずがありません！　だって、お姫様は魔女だったんですよ！　魔女の使用人たちが長年待ち続けてきた魔女が復活したんです!!　大歓迎する以外に、何をしろというんですか!!」

「そ、そういうものかしら……」

ジークムントの勢いに怯《ひる》んでしまい、考えるように片手を頬に当てたところで、彼が顔を引きつらせる。

「ひっ！　お、お姫様、腕から大量出血しています！　何てことだ、先ほどの怪我はそんなに深かったんですか!!」

どうやら手を上げたため、腕の怪我がジークムントの目に入ってしまったようだ。

「ジークムントの怪我に比べたら、大したことないわ。あなたが医師を呼ぶのであれば、ついでに私も診てもらいたいのだけど、いいかしら?」

「ダ、ダメです! お姫様は今すぐ、誰よりも早く手当てを受けなければいけません!!」

ジークムントはそう言うと、テーブルの上にかかっていた洒落たクロスを手に取り、私の体にぐるぐると巻き付けた。

「えっ?」

何をする気かしらと、されるがままになっていると、ジークムントは「失礼します」と言って私を抱き上げ、大股で扉に向かった。

「ジ、ジークムント、下ろしてちょうだい! 大した傷ではないから、自分で歩けるわ。あなたの方が酷い傷を負っているのだから、私を抱き上げたら傷が開いてしまうわ」

当然のことを言ったというのに、ジークムントはじわりと目に涙を浮かべる。

「ううう、オレのような不心得者の心配までしてくれるなんて、お姫様は女神か! いや、魔女だった。さすがは全ての者に祝福を与えるご存在だ、何と慈悲深い」

ジークムントは大袈裟なことを言うと、ぼろぼろと男泣きに泣き出したので、私は渋い顔をする。

まずいわね。もしも私が魔女だとバレたら……と想像した全ての悪い予想が、現実になってしまったわ。

ジークムントは口が悪いから、これまで散々私に悪口を言ってきたというのに、手のひらを返しておべんちゃらを言い始めたわよ。

さらには、魔女が現れたと歓喜されるし、猫なで声でしゃべりかけられるし、崇め奉られているわ。

ああー、私はジークムントの見たくなかった姿を全部見ているわね。

いくら彼がチョロいにしても、酷すぎるんじゃないかしら。

私は渋い表情をすると、感激した様子でぼろぼろと泣き続けるジークムントを見つめたのだった。


「魔女の使用人どもに告ぐ！　至上なる魔女が腕に怪我をされた！　天変地異に匹敵する大事件だ！　万難を排し、可及的速やかに手当てをしなければならない！　お前たちは魔女の下僕として、大至急、出口まで案内するんだ!!」

ジークムントの言葉を聞いたリスと猫とうさぎたちは、衝撃を受けた様子で飛び上がると、てこてこてこと短い脚で走り出した。

ジークムントは背が高くて脚が長いので、大股で歩くと走っているのかと思うほどスピードが出る。

　魔女の使用人たちにとって、そんな彼を先導するのは大変じゃないかしらと思っていると、何を思ったかジークムントが走り出した。

「ジークムント、あなたの怪我が悪化するといけないから、走るのはやめてちょうだい！」

　心配になってそう言うと、彼は再び泣き出した。

「ううう、魔女の慈悲が深すぎて、心臓が痛い……」

　私の心臓が痛むことはないけれど、代わりに頭が痛くなってきたわ。ジークムントの言動がいちいち大袈裟すぎて。

　しばらくの間、ずっと同じような廊下が続いていたけれど、広いスペースが現れたため、「止まってちょうだい！」と大きな声を出す。

　私のお願い通りジークムントが止まってくれたので、きょろきょろと辺りを見回すと、そこはまるで公園のような憩いのスペースになっていた。

　地下であるにもかかわらず、様々な木が植わっているし、虹色をした小鳥が枝から枝へと飛び回っているし、色とりどりの花が咲いている。

「まあ、ここは何なのかしら？」

　不思議に思って尋ねると、ジークムントからあっさり返された。

「魔女の広場です。それよりも、早く狼城に戻って怪我の手当てを……」

「あら、鳥の巣があるわ！」

低い位置に鳥の巣があったので、ジークムントに下ろしてもらって中を覗き込むと、卵が数個入っていた。

「可愛らしいわね。ピンクの卵があるわよ」

白い卵に交じって薄いピンク色の卵が見えたため、はしゃいだ声を上げると、ジークムントが驚きに目を見張る。

「えっ、ピ、ピンクの卵ですって⁉」

「ええ、そうだけど、何か問題があるのかしら？」

小首を傾《かし》げて尋ねると、ぶんぶんと激しく首を横に振られた。

「その逆です！　聖鳥は魔女のペットですから、卵を見つけても決して取ってはいけないんです。けれど、ピンクの卵だけは魔女からの贈り物で、決して孵《ふ》化《か》しない卵ですから、見つけた者は誰だって持ち帰ることができるんです」

その時、ふとジークムントが言っていた言葉を思い出す。

『魔女の魔力が多く含まれているものほど、陛下の体調改善に効き目があります』

私は魔女の髪色と同じピンクの卵を見下ろした。

「もしかしてこの卵には魔女の魔力が含まれているのかしら？　だとしたら、エッカルト陛下のお土産《みやげ》に持って帰るのはどうかしら」

私は巣の近くでさえずっている小鳥たちに話しかけた。

「このピンクの卵をいただいてもいいかしら？」

ちちちちちと小鳥が鳴いた声を聞いて、『いいよ』と許可されたような気持ちになったため、私は卵を手に取るとポケットに入れる。

小鳥たちに「ありがとう」とお礼を言っていると、足元にいたリスたちが対抗するように、「きゅきゅきゅ」と可愛らしい声を出した。

「どうかした？」

尋ねると、リスたちは少し離れた場所に走って行って、さかんに何かを指差す。

近付いていくと、そこにはキラキラと輝くピンク色の宝石がうずたかく積まれていた。

「まあ、綺麗ね。えっ、何？　……もしかして、これも持っていけと言っているの？」

リスたちに尋ねると、こくこくこくと何度も頷かれる。

近寄ってきたジークムントも当然の顔をして、鉱山で宝石を拾った時のためにと準備していた麻袋を広げてきた。

「この古代遺跡にあるものは全て魔女のものですから、魔女であるお姫様のものです」

「いや、それは違うと思うけど……あっ、でも、この宝石を結婚式で身に着けてもいいかしら。そのために、いくらかもらって帰るのは大丈夫かしら」

鉱山で宝石を拾い損ねていたからちょうどいいわ。

私の髪と同じ色だから似合うんじゃないかしら、とにこりとすると、ジークムントはぎょっとした様子で顔を引きつらせる。

「はああっ⁉」

「『はああ』？」

ジークムントの対応が私の閃きを否定するもののように思えたため、どういうことかしらと首を傾げて彼を見る。

すると、ジークムントは何でもないと首を横に振った。

「い、いいえ、失礼しました！　前代未聞の話を聞いたので、変な声が出ました。なるほど、その宝石であれば、結婚式に参加する全種族がお姫様を賛美することでしょう‼」

「確かに綺麗な宝石だけど、全種族が賛美するというのは大袈裟だわ」

とは言え、私が魔女だと分かってからのジークムントはずっと大袈裟だから、これが今後の彼の通常運転になるのかもしれない。

私は両手で山盛りの宝石をすくうと、ジークムントが広げている袋の中に入れた。

リスたちは「もっと、もっと」とばかりに、鳴きながらジャンプしていたけど、私は「十分よ」と言って、お礼を言う。

「たくさんありがとう。これで、結婚式で身に着ける宝石は何とかなりそうよ」

「きゅきゅきゅきゅ」

片手を振って歩き出そうとしたところで、再びジークムントに抱えられた。

「気分がよくなったから、自分で歩けるわ」

「オレが怪我をした魔女を、歩かせるわけがありません！」

「私が怪我をしたのは腕だから、歩行するのに何の問題もないわ」

私の発言に分があると思ったけれど、ジークムントは肝心な場面で聞こえないふりをすると、大股で歩き始めた。

困ったわねと思ったところで、突然、眠くなる。

どうしたのかしら、このまま眠ってしまいそう……と目を瞑《つぶ》ったものの、大事なことを思い出したため、うっすらと目を開けるとジークムントにお願いした。

「私が魔女だということは、誰にもしゃべらないでね」

「はっ!? そ、そんな殺生な！　帝国中が歓喜するニュースを、オレに黙っておけと言っているんですか？　下手すると、オレは沈黙の罪で陛下に殺されますよ。いや、下手をしなくても、『八聖公家』の連中から八つ裂きに……」

ジークムントが情けない声でつらつらと訴えていたけれど、彼ならば私のお願いを聞いてくれるような気がしたため、安心して目を瞑る。

すると、疲れた体に引きずられたようで、私はあっという間に、眠りの世界に落ちていったのだった。

# 10

## 最弱虚弱な人間族(ではない！　と言いたいジークムント)

「えっ、どうして治らないんだ？　僕の回復魔法の腕前はザルディン帝国一だと自負しているのに、一体どうなっているんだ!?」

孔雀《くじゃく》公爵であるルッツの焦った声が、至近距離で響いた。

これは一体どういう状況かしら、と何気なく体を動かしたところで、腕に痛みが走る。

「痛っ！」

驚いて目を開くと、私の顔を覗《のぞ》き込んでいるルッツと目が合った。

あら、ルッツがいるわ。ここは一体どこかしら、……と考えたところで、ジークムントの焦った声が聞こえる。

「お姫様、目が覚めたんですか!?」

それから、再びジークムントの絶望したような声が。

「はあっ！　そ、そんな!!　瞳が青色だ……」

視線を動かすと、ジークムントの涙ぐんだ顔が見え、さらに彼の隣にエッカルト皇帝が見えた。

まあ、ホントにこれは一体どんな状況かしら。

一生懸命記憶を辿《たど》ってみたけれど、最後の記憶は地下の古代遺跡で途切れている。

視界に入ってきた情報から判断するに、どうやら私がいるのは狼《おおかみ》城の客用寝室で、ベッドに寝かされているらしい。

古代遺跡からどうやって戻ってきたのかしら、と考えながらルッツを見上げたところで、彼の焦った表情が目に入った。

「婚約者様、できるだけ力を抜いてリラックスしてください」

「え？」

「今から回復魔法をかけますから」

「まあ、ルッツ、あなたは回復魔法の使い手なの？　だとしたら、私ではなくジークムントを治してちょうだい」

そう発言したところで、いえ、ジークムントは酷《ひど》い怪我《けが》をしていたから、既に治療済みのはずよね、と視線を巡らす。

けれど、私の視線の先にいるジークムントは怪我をしたままの状態だった。

というか、服も着替えておらず、破れた服の隙間から裂けたお腹《なか》が見え、さらに傷口からだらだらと血が流れている。

想定外の状況にびっくりした私は、がばりと上半身を起こした。

「婚約者様！」

「お姫様!!」

ルッツとジークムントの声が重なったけれど、叫びたいのは私の方だ。

「ジークムント、あなたの怪我は酷いものよ！　どうして治療しないの!!」

「それは、この阿呆狼《あほ》が婚約者様の後でなければ治療しない、と宣言したからです！　阿呆狼は阿呆ですから、いつだって意味不明な騎士道精神を発揮します！　そして、阿呆狼は阿呆ですから、一度口に出したことは取り消さないのです!!」

私に言いつけるように言葉を重ねてきたルッツを見て、ジークムントが顔をしかめる。

「オレは正しく優先順位を守っただけだ！　オレとお姫様を比べたら、お姫様の方が百万倍価値が高いことは明白だからな!!」

堂々と胸を張るジークムントを見て、これはダメだと私も顔をしかめた。

皆の反応を見る限り、『私が魔女だということは、誰にもしゃべらないでね』と言った私の言葉を、ジークムントは律儀に守ってくれたようだ。

それから、皆が私の瞳を見て何も反応しないことと、ジークムントが『瞳が青色だ』と発言したことから、どうやら私の瞳は元の色に戻ったらしい。

私が魔女だとバレると大変なことになりそうだから、秘密が守られてよかったわ、と心から安堵《あんど》する。

けれど、今度は瞳の色が変化したことが気になり始め、どうして私の目は赤くなったのかしら、と首を傾《かし》げた。

生まれてこのかた一度も目の色が変わったことなどないのに、魔女と同じ色合いになるなんて不思議な偶然だ。

それとも、偶然ではなく、実際に私は魔女なのだろうか。

顔をしかめたところで、瞳の色が元に戻ったことを思い出す。

そうだわ。たとえ私が魔女だとしても、正しい姿を保っていられないのだから、きっと不完全なのだろう。

あるいは、魔女に変わったこと自体が何かの間違いで、もう二度と魔女にならないのかもしれない。

いずれにしても、不確定要素が多すぎるから、しばらくは様子を見た方がいいわね。

そもそも「私は魔女よ」と騒ぎ立てたとしても、瞳の色が戻った以上、誰も私のことを魔女だとは思わないだろう。

それだけでなく、元々私は人間族ということでよく思われていないから、何か企《たくら》んでいるに違いないと怪しまれるかもしれない。

だから、何事もない顔をして、これまで通りにするのが一番なのに、どうしてジークムントは私を持ち上げるような発言をするのかしら。

困って視線を下げると、魔女の使用人に傷付けられた腕の怪我が目に入った。

思ったより深く抉《えぐ》れており、出血し続けている。

私の視線を追ったルッツが、淡々とした声を出した。

「ジークムントの怪我が酷いことは間違いありませんが、あいつは異常なほど体力があるので、死にはしません。反省してもらうため、しばらくは激痛を感じたままにしておく方がいいと思うくらいです」

酷い言われようねと顔をしかめたけれど、ルッツは気にする様子もなく、私の腕を見下ろした。

「一方の婚約者様も、決して軽い怪我ではありません。そのうえ、ジークムントとは真逆で恐ろしいほど体力がなさそうですから、即座に治癒すべきでしょう」

ルッツは再び私に向かって手を伸ばしてくると、回復魔法をかけようとした。

そのため、私はぐっと奥歯を噛《か》み締める。

……ルッツの見立ては的確だわ。でも。

「私は回復魔法が効かない体質なの」

仕方なく私の秘密を口にすると、ルッツは動きを止め、驚いた様子で瞠目《どうもく》した。

「そんなことがあるんですか？　いや、だからか！　だから、さっきからどれほど回復魔法をかけても、これっぽっちも回復しなかったのか!!」

納得した様子を見せるルッツの隣で、エッカルト皇帝がぐっと組んだ腕に力を込める。

皇帝を目にしたことで思い出したことがあり、私はもう一度ベッドに横になりながらルッツに尋ねた。

「この間、エッカルト陛下が怪我をした時には医師が呼ばれていたわ。だから、帝国の標準的な治療法は医師によるものだと思っていたけど、そうではないのね」

「……陛下は医師による治療がお好みなだけです」

あ、何かを隠しているわね、とルッツの声色から思ったけれど、質問しても答えが返ってこないことは分かっていたため聞き流す。

というか、どうやら熱が出てきたみたいだ。

怪我をしたのは腕だから、命に別状があるわけではないけれど、結構出血しているから、二、三日は眠り続けるかもしれないわね。

ベッドに横になったまま荒い息を吐いていると、ルッツの吐き捨てるような声が響いた。

「人間族はどれだけ虚弱なんだ！　すぐに怪我をするし、怪我をしても回復魔法が効かないなんて、酷いものじゃないか!!」

いえ、私以外の人間族は回復魔法がちゃんと効くわ。私だけが特別なのよ。

だって、六歳の時に死の淵から生き返って以降、回復魔法が効かない体質に変化してしまったのだから。

そう心の中で言い返しながら、疲れてきたわと目を瞑《つぶ》る。

すると、ジークムントの反論する声が聞こえた。

「ルッツ、お前はお姫様を貶《けな》すようなことを言うんじゃねえよ！　それを言うなら、ま……魔女だって虚弱じゃねえか!!」

「ジークムント、お前は正気か？　なぜここで魔女を持ち出すんだ。まさか裏切り者の人間族でしかない婚約者様と、魔女を比較しているんじゃないだろうな」

即座にルッツが言い返すと、ジークムントは激高した声を上げる。

「そんな言い方をするな！　裏切り者はお姫様の兄上で、お姫様じゃない!!」

「ジークムント!!　お前、たかだか数日一緒に過ごしただけで、婚約者様に籠絡《ろうらく》されたのか？　はっ、母国の騎士たちを虜《とりこ》にした婚約者様の技術は、健在というわけ……」

ルッツが言い終わるより早く、ばこっという音とともに、誰かが殴られて吹っ飛んだような衝撃が生じた。それからすぐに、ルッツの呻《うめ》くような声が続いたので、どうやら殴り飛ばされたのはルッツのようだ。

あらまあ、二人とも、苦しんでいる病人がいる部屋で、一体何をやっているのかしら。

いや、暴れているうちの一人は、私以上の重病者だったわ。

そして、残りのもう一人は、治癒に来てくれた回復魔法の使い手だったわ。

熱に浮かされた私は、周りを気にする余裕がなくなったようで、『二人ともほどほどにね』と思ったのを最後、眠りの世界に落ちていったのだった。

# 11

## 最弱虚弱な人間族（に意外と優しい？）エッカルト皇帝

体が熱い。

ああ、熱が上がってきたみたいねと考えながら、私は久しぶりの火照《ほて》りと倦怠感《けんたいかん》に身をよじった。

というか、暑くて我慢できなかったので、体にかけてあったブランケットをとおっ！　と蹴って、遠くにはねのけた。

「カティア」

その途端、ほとんど眠っていた私を強制的に目覚めさせるような美声が響く。

反射的に目を開けると、絵画の中から抜け出てきたような美貌の主がベッドの縁に腰かけていた。

まあ、こんな美形はエッカルト皇帝しか知らないけど、彼がこんな風に私の名前を呼ぶはずはないから夢ね。

そう思っていると、皇帝の手が伸びてきて、慎重な手付きで私の額に触れた。

エッカルト皇帝からふわりとものすごくいい香りが漂ってきて、夢なのにどうして触れられた感触や香りがするのかしらと不思議に思う。

うーん、これはまずいわね。これまでどれほど大怪我をしても、夢と現実がごっちゃになることはなかったのに、今日はごちゃごちゃになっているわ。

思ったよりも腕の怪我が酷くて、意識が混濁しているのかしら。

眉根を寄せて考えていると、エッカルト皇帝が覆いかぶさるように私の上に体を倒してきた。

それから、至近距離でじっと私を見つめてくる。

まあ、美形は近くで見ても美形なのねと感心していると、不思議なことにエッカルト皇帝の黒い瞳に金の斑点が混じり始めた。

それはとても神秘的な光景だったため、魅入られたように見つめていると、いつの間にか彼の瞳が金色に変わってしまう。

「……お星さまみたいできれいね」

ぽつりと呟《つぶや》くと、エッカルト皇帝は驚いたように目を見張った。

「星だと？」

そうね、瞳を見て星にたとえるなんておかしなことよね。

そう思いながら、ぼんやりと皇帝を見ていると、イケメンを目の当たりにしたことで興奮したのか、さらに体温が上がったようにぽかぽかしてくる。

私の顔が赤くなったことに気付いたエッカルト皇帝は、もう一度私の額に触れると、ため息をついた。

「はぁ、これでも変化なしか。というよりも、さらに熱が上がったようじゃないか。君はどれだけ虚弱なんだ」

わざわざ言われなくても分かっているわ。私が虚弱なことについては、母国の騎士たち全員の折り紙付きよ。

そう考えていると、皇帝が言い聞かせるような声を出した。

「君に回復魔法が効かないことは、ルッツが実地で確認済みだ。あの後、医師を呼んで処置をさせたが、全治一か月とのことだ。縫合して数時間が経過したから、そろそろ痛み止めを飲んだ方がいい」

まあ、夢の中だというのに、エッカルト皇帝は事細かに説明してくれるのね、と感心しながら右腕を見下ろすと、包帯でぐるぐる巻きにされていた。

意識したことで痛みがぶり返したのか、ずきんずきんと鈍い痛みを感じ始める。

腕を見つめたままでいると、皇帝が確認するように尋ねてきた。

「薬を飲むんだ。体を起こせるか？」

もちろん、体を起こすことはできるけど、起こしたくないわ。面倒だからこのまま横になっていたいのよ、とぼんやり皇帝を見つめると、彼は何を思ったのか、サイドテーブルの上に載っていた薬の瓶らしきものを手に取った。

それから、躊躇《ためら》うことなく瓶の中身を口に含むと、体を傾けてきて私の唇に彼のそれを付ける。

「えっ？」

いくら夢でも衝撃的すぎるわ、と思わず声を出すと、開いた口の隙間からとろりとした液体が入り込んできた。

「んぐっ」

想像とは違って、飲まされた薬が苦かったため、皇帝から離れようとしたけれど、絶妙に押さえ込まれていて動くことができない。

そのため、私は怨《うら》めしく皇帝を見つめたまま、ごくりと薬を飲み込んだ。

私が薬を嚥下《えんげ》したことを確認すると、エッカルト皇帝は体を離す。

それから、もう一度サイドテーブルに手を伸ばすと、色とりどりのキャンディーが詰められた瓶を手に取った。

「このキャンディーは色ごとに味が異なる。君はどれが好みかな？」

瓶の中のキャンディーは、オレンジにグレープ、ストロベリーと様々な味があって、どれを食べようかと選ぶことが楽しみではあった。

けれど、エッカルト皇帝にとっては味の違いなどどうでもいいことだろう。

少なくとも大帝国の皇帝が興味を持つようなことではないわと思ったけれど、エッカルト皇帝は私の表情を見ながら、私が食べたいキャンディーを的確に選ぶと、私の口元まで運んでくれた。

「なるほど、私の未来の妃《きさき》はストロベリーをお望みか」

口にした赤いキャンディーは甘く、口の中の苦みを消し去ってくれた。

先ほど飲んだ薬の影響か、それとも元々眠っていたところを目覚めたからか、とろりと瞼《まぶた》が下がってくる。

うとうとしかけたところで、エッカルト皇帝が跳ねのけていたブランケットを被《かぶ》せてきたため、暑いわ、と私はもう一度、ブランケットを蹴り飛ばした。

「カティア、……君は見かけによらずお転婆《てんば》だな」

エッカルト皇帝の呆《あき》れたような声が降ってきたかと思ったら、もう一度ブランケットをかけられ、さらには何かが私の隣に横たわった後、その一部が腰に巻き付いてきた。

まあ、ブランケットを跳ねのけることができないように重しを乗せられたわ。

頭では、隣に横たわったのはエッカルト皇帝で、私の腰に巻き付いているのは皇帝の腕だと理解しており、どうして皇帝がこんなことをするのかしらと疑問が浮かんだけれど、夢の中だから細かいことまで気にしなくてもいいわよねと思考を放棄する。

ああ、でも、エッカルト皇帝の素敵な香りを嗅いでいると落ち着くわね。

ブランケットが体にかかっていたため、暑くはあったけれど、心地よい香りのおかげなのか、もはや蹴ってはねのけたいとは思わなかった。

そのため、私はそのまま眠りについたのだけど……その夜、なぜか私の夢の中に、幼い皇帝が現れたのだった。

# 12

## 魔女の見る夢

夢を見た。

元々、エッカルト皇帝に口移しで薬を飲ませられた夢を見ていたけれど、さらに私は夢の中で眠りにつき、新たな夢を見てしまった。

うーん、夢の中で別の夢を見るなんて、何てややこしいことをしているのかしら。

そう思ったものの、今度の夢には思わぬ人物が登場し、それは幼いエッカルト皇帝だったため、この荒唐《こうとう》無稽《むけい》さは夢ならではねと思う。

エッカルト皇帝は十歳くらいの姿をしており、随分幼かったけれど、顔立ちは既に尋常じゃないほど整っており、ああ、美形は幼い頃から美形なのねと妙に感心した。

けれど、そんな平和的な感想を抱けたのもそこまでだった。

多くの大人がわらわらと現れたと思ったら、エッカルト少年を捕らえ、床の上に押さえつけたからだ。

大人たちが何事かを叫ぶと、床に押しつけられたエッカルト少年は顔を上げ、激しい調子で言い返した。

何があったにせよ、大の大人が大勢で一人の少年を取り囲み、押さえつけるなんてもってのほかだわと憤慨していると、大人の一人がすらりと剣を抜いたため、私ははっと息を呑《の》む。

「やめてちょうだい！」

思わず鋭い声を上げたけれど、私の声は聞こえないようで、剣を持った大人は躊躇《ちゅうちょ》することなく、押さえつけられたエッカルト少年のうなじに剣を突き立てた。

辺り一面に鮮血が飛び散り、エッカルト少年は衝撃を受けた様子で体を強張《こわば》らせると、がくりと床の上に体を投げ出す。

倒れ伏したエッカルト少年の首から、どくどくと血が流れ始めた。

「何てこと！　急いで手当てをしないと！」

これはただの夢だし、たとえ夢でなくとも、現在のエッカルト皇帝が立派に成人していることから、彼がこの場面を上手《うま》く生き延びたことは分かっている。

けれど、私は何とかして彼を救わなければいけない、との気持ちからエッカルト少年に駆け寄った。

先ほどから、私の声は誰にも聞こえていない様子だけれど、加えて私の姿も見えていないようで、大人たちは近くにいる私を気にすることなく、エッカルト少年から手を離して立ち上がる。

すると、意識を失っていたように思われたエッカルト少年が顔を上げ、空に向かって叫んだ。

「魔女よ、私を助けてくれ！」

それは文字通り血を吐くような叫びで、この世界に魔女がいるのならば、必ず応《こた》えたいと思うような願いだった。

というか、私は魔女でないというのに――たとえ魔女だとしても不完全だというのに、エッカルト少年の声に応えてしまった。

「私があなたをたすけるわ！」

不思議なことに、発した私の声は舌足らずで、まるで幼子のもののようだった。

驚いて自分を見下ろすと、明らかに等身がおかしく、まるで子どものような小さな体になっている。

どうやらエッカルト少年に合わせて、私の体も幼いものに変化したようだ。

いくら夢だとしても、支離滅裂じゃないかしら。

そう思ったものの、私は夢中で手を伸ばすと、両手で彼のうなじを押さえた。

彼のうなじからはどくどくと血が流れ続けていたため、少しでも出血を抑えようとしたのだ。

すると、エッカルト少年はびくりと体を強張らせ、両手を首の後ろに回してきたかと思ったら、私の両手の上に彼の両手を重ねた。

「……魔女の祝福だ……」

エッカルト少年の恍惚《こうこつ》とした声に続いて、彼のうなじがはっきり分かるほどどくりどくりと脈打ち始める。

一体どうなっているのかしらと驚いていると、しばらくの後、エッカルト少年が押さえていた私の両手を放してくれた。

それから、エッカルト少年は振り返って私を見つめてきたのだけれど、それまで黒かった彼の瞳が金色に変わっていたため、私は驚きに息を呑む。

私は呆然《ぼうぜん》としすぎたようで、先ほど、夢で発したのと同じ言葉を口にした。

「……お星さまみたいできれいね」

すると、エッカルト少年はとても大切な言葉をもらったとばかりに息を呑むと、従順な騎士のように礼儀正しく首を垂れた。

「魔女よ、私はあなたにうなじを差し出した。もはや私の生殺与奪の権はあなたのものだ」

「えっ？」

俯《うつむ》いたエッカルト少年の髪がさらりと前に垂れ、彼のうなじが露《あら》わになる。

思わず視線をやると、剣に刺し貫かれたはずのうなじの傷がなくなっていた。

さらにそこには、見たことがない洒落《しゃれ》たマークが刻まれていた。

そのマークが露わになった途端、周りにいた大人たちは驚愕《きょうがく》した様子で目を見開く。

それから、次の瞬間には全員でその場に跪《ひざまず》き、エッカルト少年に対して恭順の意を示した。

ああ、よく分からないけど、これでエッカルト少年は大丈夫ねと思った私は、手を伸ばして彼のうなじに触れる。

怪我《けが》の具合を確かめようとしての行動だったけれど、エッカルト少年はこそばゆかったのか、びくりと体を跳ねさせた。

「魔女よ……私にあなたの魔力を与えてくれ」

エッカルト少年は大量に出血していたから、体力を回復するために魔力譲渡してほしいということかしら、と思いながらこくりと頷《うなず》く。

私は触れていたうなじに向かって、ありったけの魔力を注ごう……としたけれど、体が小さくなっていたからか、大した量の魔力を注ぐことはできなかった。

うーん、夢なんだから、ケチらずにどどんと魔力を譲渡できれば気持ちいいでしょうに。

そう思ったけれど、顔を上げたエッカルト少年はうっとりとした表情を浮かべていたので、これっぽっちの魔力で満足したのなら結構なことだわと思う。

「またね、エッカルト陛下」

殺されかけていたエッカルト少年が元気になったことに安心し、思わず普段通りの呼び方が口を衝いて出ると、彼は驚いたように目を見開いた。

「陛下？　……私は皇帝になるのか？」

「ええ」

そして、あなたは私を妃《きさき》にするのよ。

ただし、私をとっても嫌いながらね。

少年姿の彼にそう告げるのは野暮《やぼ》な気がして、私は言葉を呑み込んだまま、にこりと微笑《ほほえ》んだ。

「またね」

「魔女よ、私は再びあなたに会えるのか？」

「そうね、……あなたが皇帝として正しくあるのであれば、会えるんじゃないかしら」

何と言っても、エッカルト皇帝が我が国との戦を回避しようとして、嫌っている人間族との結婚を受け入れたからこそ、私はザルディイン帝国に嫁ぐことになったのだから。

私の言葉を聞いたエッカルト少年は片手を胸に当てると、恭《うやうや》しく頭を下げた。

「それならば、私は立派な皇帝になることを、私の魔女に約束する」

「無理はしないでちょうだいね」

そう言って手を振った瞬間、私はふっと彼らの前から消えた。

というか、どうやらそのタイミングで夢から醒《さ》めたようで、ぱちりと目を開く。

夢なのだから、理路整然とした内容にならないことは分かっていたけれど、それにしても滅茶苦茶だったわ。

そう思って苦笑したところ、私の体がかちんと固まる。完璧なる美を形にしたようなイケメンが隣で寝ていたからだ。

というよりも、より正確に言うと、私は上半身裸のイケメンに抱きしめられていた。

「え、嘘《うそ》。こんなイケメンに抱きしめられるなんて、これも夢ね。私はどれだけ複雑な夢を見ているのかしら」

夢の中で夢を見て、さらには夢から醒めても夢だったなんて。

というか、さすが夢だわ。半裸のイケメンに抱きしめられるなんて、現実では経験したこともないような刺激的な体験をすることができるのだもの。

でも、さすがに少し刺激的すぎるわね、と拘束された腕の中から逃れようとしたところ、半裸のイケメンの目が開き、呆《あき》れたような声が響いた。

「君は熱に浮かされているのか？　……熱に浮かされているからこそ、そのような発言が出たのだと信じたいものだな」

# 13

## 皇帝の誘惑

「まあ、夢だと分かっていても、現実だと信じそうになるわね！　実際にエッカルト陛下が言いそうなセリフじゃないの」

私もなかなか皇帝のことが分かってきたみたいねとにまにましながら、顔を上げてエッカルト皇帝を見つめる。

すると、服を着ていない上半身が目に入ったため、私は顔をしかめた。

どうして皇帝は上半身裸なのかしら？

いえ、もちろん、私の夢なのだから私の願望なのでしょうけど、私はエッカルト皇帝の裸の上半身を見たかったのかしら。

「うーん、確かにものすごい筋肉ね。いやいや、これは私の夢だから、私が思い描く皇帝の姿で、実際の姿ではないのだったわ。きっと、実際の皇帝はもっとひょろっとしているはずよ。下手《へた》すると、お腹《なか》周りはたぷっとしているかもしれないわ」

何と言っても、皇帝だから毎日美味《おい》しいものを食べていて、カロリー過多になっているでしょうからね。

エッカルト皇帝は黙って私の言葉を聞いていたけれど、私が話し終えると手を伸ばしてきて、怪《け》我《が》をしていない私の左手を掴《つか》んだ。

それから、私の左手を引っ張ったかと思うと、彼のお腹にぴたりと当てる。

「ん？　さすが夢ね。自分で触るのではなく、皇帝が触るように強要してくるなんて、素晴らしいグッドエクスキューズじゃないの」

夢の素晴らしさに感心しながら、本人が許可を出したのだからと、遠慮なくエッカルト皇帝のお腹をぺたぺたと触る。

「まあ、筋肉って硬いのね。そして、熱いわ。なるほどねー、まるで母国の第一騎士団長と同じくらいの筋肉じゃないの」

第一騎士団長は母国の騎士の中で一番強かったから、皇帝も同じくらい強いのかしら。

とは言っても、第一騎士団長の筋肉を触ったことはないから、皇帝の筋肉と同じくらい立派かどうかは、実際のところ分からないけどね。

「……寝台で初めて、婚約者から体を触られたと思ったら、まさか他の男性と比べられるとはな」

頭上から皇帝の皮肉気な声が降ってきた。

確かに私の発言はマナー違反で、皇帝が不快に感じるのはもっともだったので、私は夢の中だと知りながらも彼に謝罪する。

「今の発言は私が悪かったわ。言い訳だけど、私は母国で騎士団に所属していたから、つい相手の強さを量ろうとするところがあるの。個々人の強さを把握しておくと、戦場で役に立つから。でもあなたからしたら、勝手に強さを推し量られるなんて嫌な話よね」

「……君の発言はそういう話だったか？　てっきり、君は私の男性としての魅力を量っているのかと思ったが」

皇帝が訝《いぶか》し気に片方の眉を上げたので、私は動揺して言葉に詰まる。

「だ、男性としての魅力を量る!?　ま、まあ、エッカルト陛下のようなイケメンが、そのような衝撃的な言葉を口にすると、心臓がドキドキしてくるわね。ええと、でも、あなたの魅力を量る必要はないんじゃないかしら。だって、私でも分かるくらい、陛下はナンバー1《ワン》だもの！」

思ったことを全《すべ》て言葉にすると、私は思い切り息を吐いた。

「はーっ、それにしても、夢だとしても衝撃的過ぎるわね。裸のエッカルト皇帝に触れて、きわどい会話を交わすなんて」

エッカルト皇帝は目を細めて私を見る。

「先ほどから君は『夢だ』と何度も口にしているが、まさかこれらの全てを夢だと思っているわけではあるまいな。これほど私にべたべたと触れておいて？」

「えっ、夢なのに、やりすぎだと苦情を言われている!?」

変わった夢ねと目を丸くしてエッカルト皇帝を見ると、彼は私に先ほどのセリフを思い出させようとしてきた。

「私に触れた際、熱や硬さを感じたと、君は発言したはずだ」

「それはその通りなんだけど、私はさっきまで別の夢を見ていたの。そして、その別の夢の中でも、相手に触れた感触があったし、香りも感じたわ」

「……それは本当に夢だったのか？」

疑うような表情で質問されたので、勢いよく肯定する。

「もちろんよ！」

何と言っても、エッカルト皇帝が嫌っている私に口移しで薬を飲ませてきたのだ。夢以外であるはずがない。

けれど、そのことを説明して、『君にはそのような願望があるのか』と思われたら堪《たま》らないから黙っていよう。

顔を赤くしていると、エッカルト皇帝が考えるように私を見つめてきた。

「では、これが君の夢だとして、なぜ君はこのような夢を見ていると思う？」

「それはやっぱり、私の願望なんじゃないかしら」

「君の願望……」

エッカルト皇帝は難しい顔をしてそう呟《つぶや》いたけれど、ちっともおかしなことではないと思う。

私は今後ずっと、ザルデイン帝国で暮らすことになるのだから、夫となるエッカルト皇帝と仲のいい関係でいられたら嬉《うれ》しいもの。

だから、その気持ちの表れで、彼と仲良くしている夢を見ているんじゃないかしら。

ただし、どうして昨夜からずっと、皇帝が口移しで薬を飲ませてきたり、皇帝の裸のお腹に触れたりといった、接触過多な夢ばかり見ているのかは分からない。

もしかしたら私は、自分が思っているよりも恋愛に積極的なのかしら。

あるいは、結婚間近のヒューバートとあんな終わり方をしたから、変な方向に振り切れちゃったのかしら。

いずれにしても、昨夜からの行動を冷静に思い返してみると、私はものすごいことばかりしているわよね。

あー、いくら夢とはいえ、やりすぎな気がしてきたわ。

「ううう、夜は理性をなくすというし、さらに夢の中だから何をしてもいいと考えて、暴走しすぎたのかもしれないわ。今後はたとえ夢の中だとしても、邪《よこしま》な願望は抑えるようにしましょう。だから、エッカルト陛下、今回だけは見逃してちょうだい」

この夢は間違いなく私の黒歴史になるから、丸ごとなかったことにしようと、エッカルト皇帝に頼み込む。

すると、皇帝は鷹揚《おうよう》に頷《うなず》いた。

「ああ、見逃そう。その代わり、君に一つだけ無礼な振る舞いをすることを許してもらえるか」

「いいわ！」

夢の中ではあるものの、私の黒歴史を共有するエッカルト皇帝が、私の破廉恥《はれんち》な行動の数々をなかったことにすると約束してくれたため、嬉しくなって大きく頷く。

すると、エッカルト皇帝は両手を伸ばしてきて私の両頬に触れた。

何をするのかしらと見ていると、彼はそのまま私の両頬を摘まみ、ぎゅっと左右に引っ張る。

「ひょおおお、な、なにふぉしゅるのおお？」

びっくりして目を丸くすると、エッカルト皇帝は真顔で質問してきた。

「強くは引っ張っていないが、それでも痛みを感じるのではないか？」

「ほへはほう、ひっぱはへたらひたいにひまっているわ」

それはそう、引っ張られたら痛いに決まっているわ、と同意すると、彼は引っ張るのをやめて、そのまま私の両頬をすりすりと撫《な》で始めた。

「え？　あの……」

今度は何かしらと思って、目を瞬《またた》かせたけれど、エッカルト皇帝は無言のまま両手で私の頬を撫で続ける。

皇帝は一体何をしているのかしら？　と彼を見つめると、相変わらずの麗《うるわ》しいご尊顔だったため、心臓がばくばくと高鳴り始めた。

ああ、心臓の音がうるさいわね。というか、よく考えたら私はずっと、皇帝に撫でられているわよ。しかも、ずっと見つめられているわ。うう、緊張のあまり、手に嫌な汗をかいてきたわ。痛かったり、ドキドキしたり、汗をかいたりと、こんなにリアルな夢は初めてだわ。

と思ったところで、初めて疑う気持ちが湧いてくる。

もしかして、これが夢じゃないという可能性はあるのかしら。

「あの……」

恐る恐る口を開くと、私の表情の変化を読み取ったエッカルト皇帝がゆったりと返事をした。

「どうした」

「これは夢ではないんですか?」

「違うな」

皇帝からあっさり否定されたため、私は大いなる衝撃を受ける。

先ほどからずっと、これは夢だと頑《かたく》なに信じていたけれど、夢でないと気付くと、なぜ夢だと勘違いしていたのか不思議になった。

「一体君は、どこから夢だと思っていたのだ?」

皇帝が心底不思議そうに尋ねてきたので、私はしゅんと下を向く。

「……エッカルト陛下に抱きしめられ、目が覚めた時からです」

「最初からじゃないか」

顔をしかめるエッカルト皇帝を見て、いや、でも、幼いエッカルト少年が大人たちに取り囲まれた夢や、エッカルト皇帝が夜中の寝室に現れて口移しで薬を飲ませてきた夢と連続していたから、誤解したのも仕方がないんです、と心の中で訴える。

さすがにエッカルト皇帝が幼くなるはずはないし、嫌っている私と唇を合わせるわけがないので、その二つは夢だと確信しているのだけど、どちらもわざわざ話して聞かせる内容ではなかったため、口をぱくぱくさせただけで言葉にすることは自重した。

代わりに、これが夢ではないと分かった時から気になっていたことを質問する。

「どうしてエッカルト陛下が狼《おおかみ》城にいるんですか？　皇宮からこちらに来たんですか？」

エッカルト皇帝は髪をかき上げると、ため息をついた。

「そこからか」


エッカルト皇帝の話によると、彼が狼城にいるのは、皇宮での仕事が一段落したので、元々の約束通りに狼城を訪問したかららしい。

その際、護衛としてルッツを連れてきたとのことだ。

二人が到着した時、ジークムントと私は鉱山に出掛けていたため、皇帝とルッツは狼城で私たちを待つことにしたようだ。

具体的には狼一族からもてなしを受け、世間話をしていたところ、突然、血まみれのジークムントが気絶した私を抱えて戻ってきた……というのが、あらましらしい。

「それは、控えめに言っても大変でしたね」

血まみれのジークムントと私を見て、エッカルト皇帝は驚いたでしょうねと思いながら相槌《あいづち》を打つと、皇帝はその通りだと頷いた。

「ああ、誇張も矮小化《わいしょう》もなく言わせてもらうと、あの時は大騒ぎだった。さらに、ジークムントが狼城の地下で古代遺跡を発見したと告白してからは、蜂の巣をつついたような騒ぎになった」

「で、でしょうね」

話題が新たに発見された古代遺跡に移ったため、しどろもどろになる。

ジークムントが私と魔女の関係について、どこまで話をしているのか分からなかったため、下手なことは言えないと、話を逸《そ》らすために思い付いたことを口にした。

「ええと、それで、どうしてエッカルト陛下は私の寝室で寝ていたのですか？」

狼城には寝室がたくさんあるから、まさか部屋が足りないということはなかったはずだ。

そう思っての質問だったけれど、エッカルト皇帝は言いにくそうに口ごもった。

「君がブランケットを跳ねのけないよう重しの代わりをしていた……と言っても、君は納得しないだろうな」

エッカルト皇帝が重しですって？　まさか、こんなイケメンな重しなんて存在しないわよ。

そう考えて頷くと、皇帝は諦めたようにため息をついた。

「回復魔法が効かないという秘密が君にあったように、私にも秘密がある。それは、……相手が元々持っている力を高める能力がある、ということだ。だから、君に回復魔法が効かないのであれば、君が元々持っている免疫力を高め、自己治癒してもらおうと考えた」

「えっ！」

私は二重の驚きで、声を上げた。

エッカルト皇帝はそんな滅多にない特殊能力を持っていたのかという驚きと、そんな貴重な力を嫌っている私のために使おうとしたのかという驚きだ。

「しかし、昨夜確認したところ、君には効き目がなく、むしろ熱が上がった様子だった。念のためと一晩同衾《どうきん》してみたが……やはり効いた様子はなさそうだな」

エッカルト皇帝の言葉を聞いて、私はがっかりする。

ああ、回復魔法が効かないことは分かっていたけれど、今回、私の自己治癒能力が低いことも判明してしまったわ。本当に虚弱な体質だこと。

がくりと落胆しながらも、エッカルト皇帝から思ってもみない優しさを示されたことにお礼を言う。

「エッカルト陛下、私のために貴重な力を行使していただきありがとうございました」

「大した話ではない」

エッカルト皇帝は何でもないことのように返した後、私の顔を見て首を傾《かし》げた。

「どうした、私をじっと見て。何か聞きたいことでもあるのか？」

「え、いえ、……どうして私のために、わざわざ力を行使してくれたのだろう、と不思議に思ってですね」

互いに口にしないものの、エッカルト皇帝が私のことを嫌っているのは明らかだ。

それなのに、どうして皇帝は嫌いな私のために行動してくれたのかしら。

エッカルト皇帝はまさかそのような質問をされるとは思っていなかったようで、少しだけ顔をしかめた。

それから、一見関係ないように思われる狼公爵の話を始める。

「ジークムントは時々、突拍子もない行動を取る。多くの場合、彼は己の行動理由をはっきり説明できないが、衝動的に行動しているわけではない。ジークムントは誰よりも直感力に優れているため、理屈でない部分で何かを感じ取って行動しているのだ」

確かにジークムントは多くの場合、直感で行動しそうだ。

ただし、それは彼自身が言葉にできないだけで、これまでに経験した多くの事柄の中から、彼なりのデータを蓄積しており、そのデータに基づいて行動しているのだろう。

「だから、でたらめな行動をしているように見えても、ジークムントの行動にはいつだって結果が伴う」

皇帝がジークムントを褒める言葉を聞いて、彼はすごくジークムントを信頼しているのねと思う。

以前、ジークムントが皇宮に長期間滞在しているのは、狼領に戻りたくないからかしらと考えたことがあった。

その推測は当たっているように思われたけれど、同時に皇帝もジークムントを手放したくなかったのかもしれない。

「ジークムントは誇り高い狼だ。滅多なことでは他人に膝を折ることはない。それなのに、ジークムントは己より君を優先し、褒め称《たた》えた。それはつまり、君はジークムントに膝を折らせるほどの魅力があるということだ」

うーん、実際には私が魔女だった、というだけの話だ。

けれど、もちろん真実を告白するわけにはいかないので、私は無言のまま目を逸らす。

そんな私を、皇帝はじっと見つめてきた。

「そうであれば、私は君のためにできることをすべきだろう」

「…………」

なるほど。エッカルト皇帝自身の感情は置いておいて、大切な部下であるジークムントを尊重して、私を大切に扱ったということね。

本当に、エッカルト皇帝は優秀だし立派な人物だわ。

私はこれっぽっちも交流のない国から、不始末の代償としてザルデイン帝国にやってきたのだ。

私が国益を損なうような悪いことを企《たくら》んでいることもあり得るから、帝国のトップであるエッカルト皇帝は立場上、私を信用することはできないはずだ。

だから、皇帝自身が私に対する警戒心を解くことはできないけれど、――――彼の大切な部下が信じる相手だからと、できることを最大限やってくれたのだ。

「一晩中、私に付き添ってくれてありがとうございます。おかげで、ぐっすり眠れました」

私は発熱すると、寝苦しくて何度も目が覚めるタイプだけれど、昨夜は一度も目を覚まさなかった。

きっと、エッカルト皇帝が彼の能力を使ってくれたおかげだろう。

その証拠に、皇帝は私の言葉を否定しなかった。

代わりに、ふっと唇を歪《ゆが》めながら切り返してきた。

「そうか。その代償として、君はおかしな夢を延々と見たようだが」

決して恩に着せることなく、上手に冗談で返してくる皇帝を見て、やっぱり一筋縄ではいかないわ、と私は思ったのだった。

# 14 魔女の植物

エッカルト皇帝の決断により、その日から数日間、私は狼《おおかみ》城で絶対安静にして過ごすことになった。

その間、皇帝やルッツ、ジークムントも狼城に滞在し、私の体調回復を待って、全員で皇宮に戻ることで話がまとまる。

新たな古代遺跡が発見されたというのは大事件らしく、エッカルト皇帝が狼領に留《とど》まる間は、皇帝が自ら遺跡探索の陣頭指揮を執ることになった。

というよりも、皇帝は自ら古代遺跡に潜って色々と探りたがったけれど、至尊なる皇帝に何かあってはいけないと大反対され、望みが叶《かな》わなかったという経緯がある。

代わりに、皇帝直属軍の精鋭部隊による先兵隊が組織され、古代遺跡の探索が始まった。

皇帝は毎日、探索隊の活動報告をそわそわしながら待っているらしい。

魔女を崇拝しているエッカルト皇帝らしい行動だ。

ちなみに、私の希望的観測通り、ジークムントは私が魔女であることを黙秘してくれた。

そのため、私は古代遺跡で魔女の使用人から怪我《けが》をさせられたただの怪我人として、注目を集めることなく過ごすことができた。

注目されないのをいいことに、周りの人たちを観察していて気付いたのだけれど、エッカルト皇帝の影響力は想像以上に強いものだった。

彼がいるだけで、いつだってその場の雰囲気が一変するのだ。

それは、私に無礼な口をきいていた前公爵夫妻も例外ではなく、夫妻は借りてきた猫のようにおとなしくなり、皇帝の言葉に「はい」か「イエス」とだけ言う、全肯定人間に変わってしまった。

「ジークムントと前公爵夫妻の関係改善を、エッカルト陛下に丸投げした私は正しかったわ」

エッカルト皇帝が狼領を訪問するのは初めてらしく、前公爵夫妻は皇帝がジークムントに接する場面を見たことがなかったらしい。

そのため、皇帝がジークムントを信頼し、尊重する姿を見て、夫妻はジークムントを見直したようなのだ。

『偉大なるエッカルト皇帝陛下が尊重するのであれば、ジークムントは立派な人物に違いない』と。

前公爵夫妻がジークムントを実の息子だと認めたわけではないけれど、明らかに以前よりも丁寧《ていねい》に、思いやりをもって接している。

親子関係の証明ができない以上、これが限界だろうし、ジークムントも嬉《うれ》しそうだから十分よね、と私は皇帝の手腕に感心した。

エッカルト皇帝は一度も狼領主の親子関係に問題があると言ったわけではないし、関係を改善しろと命じたわけでもない。

自然にそうなるよう誘導して成功し、その結果、前公爵夫妻だけでなく、狼一族の全《すべ》てがジークムントを尊重し始めたのだ。

誰もが『偉大なるエッカルト皇帝が尊重するのであれば』とジークムントを受け入れたのは、皇帝が常日頃から、皆の尊敬と憧憬を集めていたからこそだろう。

本当に立派な為政者だわ。

ザルディン帝国の国民は、エッカルト皇帝を戴《いただ》くことができて幸せね。

そんな風に皇帝の素晴らしさを再確認していると、あっという間に狼領を発《た》つ日になった。

今から数時間後には皇宮に戻っているのね、とベッドの上で狼領での最後の時間を楽しんでいると、ノックの音に続いて、見たこともない使用人が三人入ってきた。

彼らは狼公爵家の物とは異なるお仕着せを着用しており、男女の違いはあるものの、全員が同じ顔をしていた。

初めて見た顔だというのに、彼らが発する魔力から、皆が誰なのかが分かってしまう。

「……魔女の使用人？」

小首を傾《かし》げて尋ねると、彼らは嬉しそうな笑みを浮かべた。

「はい、魔女様！」

「その通りです！」

「お気付きいただきありがとうございます!!」

その時、たまたまジークムントが私の部屋に入ってきたのだけれど、魔女の使用人たちを見てぎょっとしたように目を見開く。

それから、彼はすぐに私のもとまで走ってくると、庇《かば》うように前に立ち塞がった。

「お前たちは一体何者で、どこから入ってきた!? お姫様に何の用だ!!」

彼らは魔女の使用人なので、元々魔女の一族に仕えていたはずだ。

そんな彼らは私をわざわざ訪ねてきたうえ、魔女と呼んだ。

事実はどうあれ、彼らが私を魔女だと信じているのであれば、私に対して敵意はないだろうし、同じように私の仲間であるジークムントにも敵意を抱かないだろう。

そう考えた私は間違っていなかったようで、魔女の使用人たちはジークムントの質問に素直に答える。

「「向こうにある塀から入ってきた」」

魔女の使用人たちが指差したのは、狼領が誇る立派な高塀だったため、ジークムントは動揺した様子で再び質問した。

「は？ どうやって侵入したんだ？ あの塀はお前たちの身長の三倍はあるし、庭には大勢の見張りがいる。この部屋だって、城の中の一番奥まったところにあるから、辿《たど》り着くこと自体が難しい

はずだ」

「あれしきの塀、ジャンプすれば飛び越えられる」

「庭にいた見張りも隙ばかりだったから、侵入するのは簡単だ」

「魔女様のもとに辿り着くことなんて、ちっとも難しくない」

ジークムントは苦虫を噛《か》み潰したような顔で、魔女の使用人たちを見つめる。

それから、悔しそうな声を漏らしながら私を見たことから、彼は初めて狼城を見た時に私と交わした会話を思い出したようだ。

『攻め入るのが難しそうなお城ね』

『攻め入るのが難しそうですって？　馬鹿《ばか》言っちゃ困ります！　この城は代々、狼一族が受け継いできたもので、難攻不落ですよ！　攻め入るのは不可能だ、と言い直してください!!』


ジークムントが顔をしかめたので、彼はどうやら過去の発言を後悔しているようだ。

人間は誰だって間違うものだから、『ほらね、難しいけど侵入できるって言ったじゃない』とは言わないわ。

私はしっかりと口を噤《つぐ》んでいたけれど、私の表情から心情を読み取られたようで、ジークムントは悔しそうな表情ながら過去の発言を謝罪してきた。

「……お姫様の言う通りで、オレが間違っていました。オレが誇りに思っていた狼城は、ちっとも難攻不落ではなかったです」

「狼城が立派なお城であることは間違いないわ。ええと、ほら、狼一族は肉体的に優れているでしょう。だから、種族の特性に合わせて、お城も物理的な守備に特化してあるわよね。魔法結界を追加するだけで、守備力が大幅に上がるのじゃないかしら」

決して押しつけがましくならないようにと、さり気なくアドバイスしてみたけれど、なぜかジークムントはがくりと項垂《うなだ》れた。

「そうですか。お姫様は既に改善策まで持っていたんですね。オレは自分が恥ずかしいです」

「えっ、いや、ジークムントは魔法が使えないのだから、魔法的な視点から考えるのは難しいわよね」

「お慰めいただきありがとうございます。ついでに、ここにいる同じ顔の使用人たちは、お姫様のことを『魔女様』と呼びました。ということは、魔女の使用人ですね？」

魔女の使用人たちと会話を交わしたことで、ジークムントが警戒を緩めたと思ったけど、どうやら会話の内容から、彼らが魔女の使用人だと気付いたようだ。

「ええ、そうだと思うわ」

ジークムントに同意すると、彼は何とも言えない表情を浮かべた。

「そうですか。魔女の使用人が人型になるなんて知らなかったから、気付くのが遅れました。ですが、お姫様はきっと、彼らを一目見ただけで誰だか気付いたんですよね。ちっとも慌てていませんから」

「あー、ジークムント……」

困ったわね。ジークムントが口を尖《とが》らせて、少年のような表情をしているわよ。もしかして拗《す》ねているのかしら。

ジークムントの機嫌を直すための言葉を探していると、魔女の使用人たちが歯に衣《きぬ》着せぬ言葉を発する。

「この狼は、魔女様に甘えているな」

「みんなの魔女様なのに、独占する気だぞ」

「尻尾《しっぽ》の毛までむしり取ってやれ」

「ええと、あなたたち……」

涙目になったジークムントを見て、彼は結構繊細なのだから優しくしてもらえないかしらと、注意しようとすると、三人が名前を名乗ってきた。

「ララです」

「リリです」

「ロローです」

ララとリリが女性の使用人で、ロローが男性の使用人だ。

「ご丁寧にありがとう。カティア・サファアライヌよ」

私も自己紹介をすると、優しい口調で三人にお願いした。

「ララ、リリ、ロロー、今日は訪ねてきてくれてありがとう。あなたたちの用事が何かを聞く前に、一つだけお願いをしていいかしら。ジークムントは私の大切な仲間なの。優しくしてもらえないかしら」

「お、お姫様」

感激した様子のジークムントを見て、魔女の使用人たちは嫌そうな顔をしたけれど、私の言葉を受け入れてくれた。

「「はい、分かりました」」

それから、ロローが優雅にお辞儀をすると、洒落《しゃれ》た鳥籠を差し出してくる。

「カティア様、お忘れ物です」

それは数日前、宝石を拾うために連れていった小鳥だった。

古代遺跡に落ちたどさくさに紛れていなくなっていたので、持ってきてもらったことが嬉しくなる。

「まあ、ありがとう。失ってしまったかもしれないと心配していたの」

お礼を言われて嬉しそうなロローに負けじと、ララとリリが持っていた植物を差し出す。

「カティア様、ご必要かと思ってお持ちしました」

「カティア様、魔女様の治癒草です」

「魔女の治癒草？」

見たこともない形状の葉を持つ植物を手に取り、首を傾げると、ララとリリが声を揃《そろ》えた。

「魔女様はものすごく怪我の治りが悪いので、ほんの少しですが、怪我の治りを早める魔女様専用の薬草です」

「まあ、そんなものがあるのね。というか、魔女は皆、怪我の治りが悪いものなの？」

あっ、待って。何かが引っ掛かったわよ。

そう言えば、皆が魔女は虚弱体質だと言っていたわよね。それはつまり、怪我の治りが悪いということも含まれるのかしら。

幼い頃は、私も回復魔法を使用して怪我を治していたことを思い出す。

そうだわ。私だって以前は、回復魔法が効いていたのだ。

けれど、六歳の時に死の淵から生き返って以来、回復魔法が効かない体質に変化してしまった。

それはつまり……その時に、魔女の体になりかけたということかしら。

魔女の体になりかけたからこそ、六歳を境に私は体が弱くなってしまったのかしら。

考えに没頭するあまり黙り込むと、ジークムントが心配そうに声をかけてきた。

「お姫様、気分が悪いんですか？」

「あっ、いいえ、何でもないわ。その、魔女の治癒草をどこに植えようかと考えていたの」

想像でしかないことを口にするのは躊躇《ためら》われ、咄嗟《とっさ》にごまかしてしまう。

けれど、実際問題として、この植物をどこに植えたものかしらと考えたところで、ララとリリが窓の外を指差した。

「あっちです」

「あっちに魔女様の庭園があります」


「『魔女の庭園』？　ああ、皇宮にあるという話だったわね。つまり、魔女の治癒草を皇宮に持ち帰って、『魔女の庭園』に植えろということかしら？　あら、でも、皇宮の方向はそちらじゃないわよね」

小首を傾げると、ララとリリがそれぞれ右手と左手を掴《つか》んできた。

「ご案内します」

「この地にある古代遺跡の上にも、魔女様の庭園があるんです」

「まあ、そうなのね」

ちらりとジークムントを見ると、ぶんぶんと首を横に振られる。

どうやら彼も、自分の城に魔女の庭園があることを知らなかったようだ。

お城の領主ですら知らない秘密の庭園とはどんなものかしら、とわくわくしながらベッドを下りると、ジークムントがすかさず近寄ってきた。

「お姫様、まだ歩かない方がいいんじゃないですか？　オレが抱えて移動しましょうか」

私が魔女だと分かって以来、ジークムントは大変な過保護モードに突入している。

けれど、いくらジークムントが私の護衛役を買って出てくれているとはいえ、婚約者以外の男性に抱き上げられるのはどうなのかしら。

ましてや私は、自分の足で歩けるくらいに回復しているのだから。

私はジークムントの申し出を丁寧に断ると、自分の足で歩いて狼城の庭に出た。

私の左右には、それぞれララとリリが並び、後ろからはジークムントとロローがついてくる。

案内されたのは城の裏手で、雑草がこれでもかとはびこっている場所だった。

「ここは『魔女の庭園』というよりも、『雑草の庭園』じゃないかしら」

至極当然の感想を漏らすと、城主であるジークムントが恥ずかしそうに俯《うつむ》いた。

「誠に面目ありません」

何の目印もないというのに、ララとリリは迷いのない足取りで雑草の中を進んでいくと、同時に立ち止まった。

「ここです」

「ここが魔女様の庭園です」

私たちの後ろをついてきたロローも、間違いないと大きく頷《うなず》く。

「魔女様の庭園の土は特別なのです。歴代の魔女様が大切に育んできた場所なので、魔女様の植物がすくすく育ちます」

そうなのねと周りを見回したところで、雑草に交じって生えている植物の中に、気になる一本を見つけた。

「これは何かしら？　何だかすごく気になるのだけど、もしかして魔女に関係する植物なのかしら？」

不思議なことに、その植物からは私のものと似通った魔力を感じる。

「あっ、そ、その通りです！　数百年前に、先代の魔女様が植えたものが、まだ残っていたようですね」

「さすが魔女様の植物です！　元気いっぱいですね」

皇宮にある『魔女の庭園』では、庭師が大切に魔女の植物を管理しているとの話だったけど、この庭では自生しているのね。

そう言えば、魔女の植物には魔女の魔力が含まれているから、エッカルト皇帝の料理の材料にしていると聞いたわ。これもそうなのかしら。

「うーん、この植物を使って、お料理を作ってみようかしら」

料理の材料と言えば、古代遺跡から持ち帰ったピンクの卵もあったわね。

この植物と合わせて、何か美味《おい》しいものはできないかしら。

「いえ……そうじゃないわね」

思い出したわ。この植物は特別で、食べる以外にも用途があるのだったわ。

私は手のひらのような形状の大きな葉っぱを、ぷちんぷちんと半ダースほどちぎる。

その様子を見た魔女の使用人たちは、私が何をしたいのかを理解した様子で微笑《ほほえ》むと、深く頭を下げた。

「カティア様、魔女様の治癒草を植える場所として、こちらの庭園をご案内させていただきました。しかし、まずはこの庭園の雑草を抜いてしまわなければなりません。カティア様のお手を煩《わずら》わせるわけにはいきませんから、どうか私どもに庭園を整える許可をください」

「次にカティア様が来られる時までには、このお庭を綺麗《きれい》に整備し、魔女様の治癒草を青々と茂らせておきますから」

「それから、こちらが皇宮にお持ち帰りされる分の『魔女様の治癒草』です」

何て出来のいい使用人たちかしら。

感謝の気持ちで三人にお礼を言うと、魔女の使用人たちはそれはそれは嬉しそうな笑みを浮かべたのだった。

魔女の使用人たちと別れ、ジークムントと一緒に部屋に戻る途中で、エッカルト皇帝と鉢合わせした。

皇帝は私に気付くと、大股で近寄ってきて、片手を私の額に当てる。

それから、難しい顔をした。

「カティア、君はまだ熱があるのだから、無茶をするものではない。……それとも、皇宮に戻る前に見たいものでもあったのか？」

皇帝の後ろにはルッツがいて、おどけた様子でくるりと目を回したので、どうやら偶然行き合わせたのでなく、皇帝が私を捜していたようだ。恐らくは、ベッドを抜け出した私を心配して。

ジークムントと同じようにエッカルト皇帝も心配性で、病人を放っておけないタイプなのかもしれないわね。

そう思いながら、私はきっぱり頷く。

「ええ、皇宮に戻る前に、どうしても見たいものがあったんです」

何と言っても、この城にも『魔女の庭園』があって、皇宮には植わってないような植物が生えていたのだから。

「そうか。では、見て満足したようだから、今から皇宮に戻っても問題ないな」

「えっ、今からですか？」

予定よりも随分早い時間帯だったけれど、皇帝の言葉を聞いたルッツも驚いた顔をしたので、皇帝が独断で決定したようだ。

恐らく、熱があるのに動き回る私を見て、狼城にいる限り無茶をするに違いないと心配し、早めに戻ることにしたのだろう。

皇宮には、私のお目付け役になり得る皇帝の側近たちがたくさんいるのだから。

心配をかけて悪かったわと反省し、了承の返事をしたところで、ジークムントの両親がやってきた。

二人は必死な様子で走ってきたけれど、私を見ると立ち止まり、憤慨した様子で靴を鳴らす。

「カティア様！　勝手に動き回らないでください‼」

「皇帝陛下が心配されていましたよ！　おかげで、一族総出でカティア様を捜す羽目になったじゃないですか！　私たちに迷惑をかけないよう、うろうろせずに部屋でおとなしくしておいてくださいな‼」

前公爵夫妻の後ろから、狼一族もわらわらとやってきて、不満気な声を漏らした。

なるほど、人の心情は言葉や態度に表れるものなのね。

エッカルト皇帝の言動からは、私を心配する気持ちが伝わってきたけれど、狼一族からは私を捜し回ったことに対する不満しか伝わってこないわ。

狼一族はいつだってエッカルト皇帝に平身低頭で、最近は私に対しても行儀よくしていたけれど、いよいよ狼城を去るとなったからか、無礼な態度が戻ってきたようね。

内心では呆《あき》れながらも、私は努めてにこやかな表情を浮かべる。

これから皇宮に戻るのであれば、狼一族に言うべきことを、ここで言っておかなければいけないと思ったからだ。

私の表情は非常ににこやかだったというのに、なぜかジークムントが用心深い表情を浮かべた。

その姿を見て、まあ、ジークムントはだいぶ私のことが分かってきたようね、と心の中で呟《つぶや》いたのだった。


私は狼一族に向かい合うと、努めてにこやかに口を開いた。

「皆様は私を心配して、捜し回ってくれたのね。それはものすごく大変なことで、だからこそ、苦情を言いたくなったのでしょう。ええと、つまり私は決して部屋から出ることなく、室内でおとなしくしていればよかったのかしら。たとえば、ずっとベッドに横になって、天井の模様でも眺めているべきだったのね」

前公爵夫人はちらちらとエッカルト皇帝を見ながら、慌てた様子で否定する。

「な、何もそこまで言っていませんわ」

「あら、そう。とても強い口調で言われたから萎縮《いしゅく》してしまい、発言内容を取り違えたのかしら。ほら、私は虚弱で繊細でか弱い人間族だから」

私は片手を上げると頬に当て、ほうっとため息をついた。

「いずれにせよ、私は部屋に閉じこもっておくべきところを、戸外をウロウロと歩き回って皆に迷惑をかけたのね。ふう、うっかり『魔女の庭園』を見つけてしまったことだし」

「は？」

「ま、『魔女の庭園』⁉」

「冗談ですよね⁇」

驚愕《きょうがく》した様子の狼一族を見て、私はしかつめらしい表情を浮かべる。

「それが冗談ではないの。しかも、『魔女の庭園』には魔女が育てた植物が残っていたの。魔女の植物には魔女の魔力が含まれているのでしょう？　特別なお料理を作れるかもしれないと思って、少し摘んできたわ」

「……ま、魔女が育てた植物‼」

「それが見つかった⁉」

「そして、摘んできた⁇」

狼一族は目を丸くすると、私が手に持っている葉っぱをどぎまぎした様子で見つめてきた。

彼らは随分長い間、無言で凝視していたので、どうやら新しい情報が次々ともたらされたため、上手《うま》く処理できずに混乱しているようだ。

一方のエッカルト皇帝は、私が発言し始めた時から訝《いぶか》し気な表情をしていたけれど、話が進むにつれてどんどん目を細めていき、今や完全に疑うような表情を浮かべていた。

あらまあ、私は正直で気のいい婚約者なのだから、疑わないでほしいわね。

そう考えながら、私は皆に向かってにっこり微笑む。

「なんて思ったけど、せっかくだから、この植物はお料理以外のものに使おうかしら」

狼一族は私が何を言っているのか全く理解できない様子で首を傾げると、続く私の言葉を聞き逃さないよう耳をそばだててきた。

一方のジークムントは考える様子で腰に手を当てると、私が手に持っている魔女の植物と私の顔を何度も見比べる。

「私は狼城に何日も滞在し、皆に歓待してもらったわ。それだけでなく、先ほどは私を捜す手間と時間までかけてもらったのだから、何かお礼をしないといけないわね」

私の言葉は先ほど、私を捜し回ったことへの不満を示してきた狼一族に対する嫌味で、そのことは誰だって分かっていると思ったけれど、唯一分かっていないジークムントが間髪をいれずに言い返してきた。

「お礼なんてとんでもないことです！　お姫様が我が城に滞在してくださったことが、何よりの褒美ですから!!」

ジークムントと同列である『八聖公家』のルッツが、『正気か!?』という顔でジークムントを見つめる。

狼一族は顔を引きつらせ、エッカルト皇帝は無表情を保っていた。

私は手に持っていた葉っぱを目の高さまで持ち上げると、ひらひらと振る。

「これが魔女の庭園で見つけた植物よ。人の手のひらみたいな形をしているから、『魔女の占い葉』と呼ばれているんですって」

どういう仕組みなのか、その植物についての知識がすらすらと口から出てきた。

本当に不思議だこと。私は初めてこの植物を見たのに、どうして頭の中から次々と情報が出てくるのかしら。

「面白い名前でしょう？　この植物は食用にもできるのだけど、よく別の用途に使われていたみたい。それは何かというと……」

含みを持たせて言いさしたというのに、エッカルト皇帝があっさり答えを口にする。

「親子鑑定だ。そのことは魔女に関する秘密文書に書かれていた」

私はあら、と意外に思った。

エッカルト皇帝が口を出してきたということは、彼は私の共犯になってくれるつもりかしら。

ちらりと見ると、皇帝が真顔で見返してきたので、どうやら本当に私の味方になってくれるつもりのようだ。

まあ、これから私が何をしでかすか分からないのに、私の味方になることを表明するなんて、大した決断力だこと。

そうであれば、皇帝の影響力を利用させてもらうわ、と微笑みながらエッカルト皇帝を巻き込むための会話を続ける。

「さすが陛下ですわ、正解です！　もしかしたら使用方法も分かりますか？」

秘密文書を読んだのであれば、使用方法についても少しくらい知っているかもしれない、と思ったからだ。

ジークムントは以前、狼一族には時々チェンジリングが生まれると言っていた。

実の親子でないことに苦しむチェンジリングを救済する唯一の方法は、親子関係を証明してみせることだ。

そして、そのことを可能にする植物が、都合よく狼城の庭に生えていたのは、決して偶然ではないだろう。

恐らく、この非常に特殊な用途の植物は、チェンジリングを救済するために、古《いにしえ》の魔女が栽培していたのだ。

……本当に、魔女は慈悲深い一族だこと。

そう感心していると、皇帝が私の手元をちらりと見てきた。

それから、彼は私がたくさんの葉っぱを持っていることを確認すると、ジークムントの従妹《いとこ》と彼女の両親を近くに呼ぶ。

さらに皇帝はジークムントを呼ぶと、四人に一枚ずつ葉っぱを渡し、それぞれの葉っぱに己の血液を垂らすよう言いつけた。

その様子を見て、どうやら皇帝は本当に『魔女の占い葉』の使用方法を理解しているようね、と感心する。

先ほど皇帝が『魔女に関する秘密文書に書かれていた』と口にしていたので、魔女に関するなにがしかの文書が皇宮に保管してあるのは間違いないだろう。

だから、皇帝はその文書を読んだことがあるのだろうけれど、目を通しただけで実践できるのだとしたら大したものだわ。

四人を見ると、長い爪で指の先を傷付け、数滴の血液を葉っぱに垂らしていた。

皇帝はそれらの様子を確認すると、四人が持つ葉っぱを、それぞれ二つにちぎるよう指示する。

「まずは親子関係がある場合の証明だ」

そう言うと、ジークムントの従妹と彼女の両親に指示を出した。

彼女の両親は、それぞれ自分の葉っぱと娘の葉っぱを重ねると、両手で包み込み、十秒数える。

それから、恐る恐る両手を開くと、父親の手の中の葉っぱは両方とも青色に、母親の手の中の葉っぱは両方とも黄色に変わっていた。

「資料の通りだな。親子関係があれば、親と子の葉を重ねて時間を置くと、同じ色に変化する」

皇帝の言葉を聞いて、実証実験に参加していた父親がおずおずと質問する。

「逆に親子関係がない場合は、葉の色はそれぞれ異なる色に変化するということですか？」

「その通りだ」

皇帝は頷くと、今度はジークムントと従妹の両親に同じことを繰り返させた。

すると、父親の手の中の葉っぱは青色と銀色に、母親の手の中の葉っぱは黄色と銀色にと、それぞれ異なる色に変化する。

「ああ、本当です！　今度は二枚の葉っぱが同じ色になりませんでした!!」

「何と、魔女の植物には親子関係の証明が可能なのですね!!」

一連の検証結果を目にした狼一族は、驚愕した様子で声を上げた。

狙い通り、皇帝が皆の目の前で実証実験を行ったことで、鑑定結果の信憑性《しんぴょうせい》が高まったようだ。

エッカルト皇帝は興奮する狼一族を眺めた後、ジークムントに視線を移した。

「ジークムント、どうする？　必ずしもお前が試さなければならないわけではない」

「やります！」

即答したジークムントを見て、彼ならそう答えるわよねと何とも言えない気持ちになる。

ジークムントは実直だから、狼一族の当主として、自らの親子関係をはっきりさせなければならないと考えたのだろう。

皇帝はジークムントの決断を受け入れるように頷いた後、彼を見てきっぱりと言った。

「ジークムント、お前が狼一族の当主になったのは、前当主の息子だからではない。お前が一族で一番優秀だったからだ。そして、今もって、狼一族の中ではお前が一番優秀だ」

センシティブな話だから皇帝ははっきり言わなかったけれど、万が一、前公爵夫妻とジークムントの間に親子関係がなくても、ジークムントは変わらず狼一族の当主だと、皇帝は明言したのだ。

皇帝は事前に発言することで、鑑定結果がどうなろうともジークムントの立場は保証され、同時に今後噴出するかもしれない全ての不平不満を、皇帝が引き受けることをはっきり示した。

狼一族は血縁関係を大切にするから、もしもジークムントが前公爵夫妻の子どもでないことが明らかになれば、そのことを不満に思う者が必ず現れるだろう。

そのことを理解しながら、エッカルト皇帝は全てを引き受けたのだ。

本当に男気がある皇帝陛下だこと。ジークムントを始めとした部下たちが、皇帝に忠誠を誓うはずね。

あ、というか、ジークムントは感動して、既に涙目になっているわ。

感動するジークムントとは異なり、前公爵夫妻は冷静な表情のまま、前に進み出てきた。

それから、ジークムントと三人で、先ほどの手順を繰り返す。

果たして結果は――――前公爵が持つ二枚の葉っぱはどちらも紫色に、前公爵夫人が持つ二枚の葉っぱはどちらも黄緑色に変化した。

「……っ！」

ジークムントは大きく目を見開くと、前公爵夫妻が高々と掲げる葉っぱを見つめる。

――その瞬間、ジークムントが前公爵夫妻の実の子だと、一族の前ではっきり証明されたのだった。


「ま、まさか！　ジークムントは真実、私たちの子どもなのですか？」

半信半疑な様子で尋ねてきた前公爵に、エッカルト皇帝ははっきり頷いた。

「ああ、魔女が親子鑑定のために編み出した『魔女の占い葉』だ。間違いはない」

葉っぱの色が変化する。その変化によって、血族であるかどうかを証明するという非常にシンプルな植物が『魔女の占い葉』だ。

いくら事前に実証実験を行ったとはいえ、長年信じていたことが覆されたのだから、簡単には受け入れられないだろう。

そう思っていたけれど、皇帝が『魔女が編み出した方法だ』と口にした途端、前公爵は納得した様子を見せた。

まあ、魔女の名前を出しただけで納得するなんて、魔女はものすごく信用されているのね。

そう感心しながら、私は皇帝の言葉を補強する。

「狼一族の中には、時々チェンジリングが生まれると聞いたわ。本当は親子なのに、そうではないと全員で誤解してしまったら、とても悲しいことよね。だから、魔女はその問題を解決するために、『魔女の占い葉』を狼城の庭に植えたのじゃないかしら」

私の言葉を聞いた狼一族は、感激した様子を見せた。

「ああ、何ということだ！　恐ろしいまでの慈悲深さじゃないか」

「さすがは魔女だ！　オレたちのことを思いやってくださっている」

続けて、前公爵夫人が呆然《ぼうぜん》と呟く。

「そんなまさか……、ジークムントが本当に私たちの息子だなんて」

前公爵夫人の様子から判断するに、どうやら彼女は本気でジークムントのことをチェンジリングだと信じていたようだ。

けれど、夫人はこれまでの態度を一変させると、頬を赤らめてジークムントを見つめてきたので、遅まきながら彼が自分の息子だと理解したのだろう。

長年の誤解が解けたのだから、感動的な親子の対面シーンが見られるのかしらと期待したけれど、前公爵夫妻はちらちらとジークムントを横目で見るだけで、動こうとはしなかった。

一方のジークムントも難しい顔で立ち尽くしており、両親に近寄る様子は見られない。

ああ、せっかく親子関係が証明されたというのに、長年不仲だった記憶が邪魔をして、互いに親子だと受け入れがたいのかしら。

がっかりしながら三人をそれぞれ観察したところ、前公爵は普段通りの顔をしていたものの、視線はジークムントに吸い寄せられるようで、何度もちらちらと彼を見ていた。

また、前公爵夫人は頬を赤らめたまま、そわそわと落ち着かない様子で、しきりに服に手をこすりつけている。

一方のジークムントは難しい顔をしていたけれど、その耳は不自然に真っ赤になっていた。

もしやと思ってじっくり観察してみると、ジークムントの顔は難しいというよりも、笑いだしそうな表情を必死で抑えているように見える。

そんなジークムントに気付いたことで、彼が一族を好きだと言っていたことを思い出した。

そうだわ、ジークムントは一族が大好きで、血縁関係の有無にかかわらず、ずっと一緒にいたいと言っていたのだった。

そんなジークムントが実際に、前公爵夫妻の子どもだと分かったのだから、嬉しくないわけがないのだ。

にもかかわらず喜びを露《あら》わにしないのは、拒絶された時間が長すぎて、どう反応していいか分からないのだろう。

だから、もしも「ジークムントが実の息子だと分かって、前公爵夫妻は嬉しいみたいよ」と告げれば、ジークムントは大喜びで両親に好意を示すはずだ。けれど……どうしてジークムントの方から好意を示さなければいけないのかしら。

私は面白くない気持ちで、互いに距離を置くジークムントと彼の両親を見つめる。

ジークムントは何一つ悪いことをしていないのに、長年、『実の息子ではない』と酷《ひど》い扱いを受けてきた。

だとしたら、今回ばかりは彼の両親から歩み寄るべきじゃないかしら。

そのために、前公爵夫妻が親子関係を受け入れたい、と思う状況をどうにかして作り出したいのだけど……。

少し考え、いいことを閃《ひらめ》いた私は、『一族と一緒にいるのが幸福だ』と言い切ったジークムントのために、一肌脱ぐことにした。

作戦名は『狼領主、ほめほめ大作戦』だ。

私は片手を頬に当てると、申し訳なさそうな表情を作って前公爵夫妻に向き直った。

「前公爵、それから前公爵夫人、いつぞやの私の言葉を撤回させてちょうだい。『取り替えられでもしない限り、ジークムントのような優秀な者がこの一族に生まれるはずはない』と発言したけれど、あれは間違いだったわ」

私の言葉を聞いた皇帝は、ぎょっとした様子で肩を跳ねさせた。

自分がちょっと目を離した隙に、カティアはなぜそんな敵を作るような発言をしたのだ、とその表情は物語っていた。

一族が大好きで、自分たちは優れた種族だと信じている狼一族にとって、私の発言は間違いなく腹立たしいものだろう。

皇帝が瞬時にそう考えたように、私だってそれくらいのことは分かっている。

逆に言うと、分かっていたからこそ、敢えて彼らを煽《あお》る発言をしたのだ。

ジークムントを散々虐《しいた》げてきた一族なのだから、全員が少しばかり不愉快な思いをすべきだと感じたからだ。

そんなこれまで決して従順と言えなかった私が前言を撤回し、しおらしい態度を見せたため、前公爵夫妻は用心深い表情を浮かべた。

二人の視線を意識しながら、私は称賛するような表情でジークムントを見つめる。

「ジークムントは誇り高き狼一族から生まれた立派な狼だわ！　だからこそ、これまで誰も知らなかった狼城の地下にある古代遺跡を見つけることができたし、私と一緒に『魔女の庭園』を発見することができたのよ」

私の言葉を聞いた狼一族は、唸《うな》るような声を上げたかと思うと、私の言葉にすかさず食いついてきた。

「そ、その通りです！　ジークムント公爵は私たち狼一族の自慢の当主です！」

「正直なところ、ジークムント公爵の顔立ちは前公爵にそっくりだと、前々から思っていたんです!!」

「あ、汚っ！　オレだってずっと前から同じことを思っていたのに、先に言うな!!」

「さすがは公爵家のお血筋ですね！　これまで誰も気付かなかった古代遺跡と『魔女の庭園』を発見するなんて、とんでもない偉業です！　偉大なる狼一族の歴史を、ジークムント公爵が塗り替えられたのです!!」

どうやら前公爵夫妻よりも早く、一族の者たちが陥落したようだ。

そして、彼らの発言を聞く限り、狼一族は調子のいい者ばかりのようだ。

一族の皆が陥落したことで、ジークムントの両親も息子を受け入れやすくなったのか、前公爵夫人は先ほどまでの疑うような表情を改めると、うっとりとした様子で口を開く。

「知らなかったわ。息子が偉業を達成すると、親の私の名誉にもつながるのね。ふふふ、私の血を引いた息子が、魔女の古代遺跡と庭園を見つけた……最高じゃないの」

同様に、前公爵も嬉しそうにニマニマし始めた。

「その通り、さすが私の息子だ！　これほど立派なジークムントが私の血を引いているなんて、何とも誇らしい気持ちだな!!」

うーん、二人とも息子への愛情よりも、名誉欲の方が表に出てきているわよ。

残念だけど、ジークムントの両親は純粋な気持ちで息子を歓迎しているようには見えないわ。

そう不満に思ったけれど、単純なジークムントは嬉しそうに目を潤ませた。

「父上！　母上！　オレを誇りに思ってくれるんですね!!」

彼は頬を紅潮させると、大きな声で感激の言葉を述べた。

ああー、嬉しそうなジークムントを見ると、私も嬉しくなってしまうわね。

こんなにジークムントが喜んでいるのだから、彼の両親にとって名誉欲が八、ジークムントへの愛情が二だったとしてもいいじゃない。

それに、ジークムントはこんなに素直でいい子なのだから、親しく接していたら、両親の心にもすぐに本当の愛情が湧いてくるんじゃないかしら。

そう自分に言い聞かせていると、前公爵夫人がジークムントに近付いていき、笑顔で息子に両手を差し出した。

「お帰りなさい、私の可愛《かわい》い息子。あなたを妖精に盗られたかと思っていたけれど、ずっと私の側《そば》にいてくれたのね」

続けて、彼の父親が自信満々に自分の胸をどんと叩《たた》く。

「ああ、お前は誰に恥じることない立派な私たちの息子で、狼一族の当主だ！」

「ち、父上、母上!!」

感激した様子のジークムントを見て、これが正解だわと私は笑みを浮かべたのだった。

よかったわねと思いながら嬉しそうなジークムントを見つめていると、エッカルト皇帝が近付いてきて、私の耳元でぼそりと囁《ささや》いた。

「カティア、君はよく自分の発言を間違いだと認めたな。君の発言は、狼一族がジークムントを手酷く扱う様子に腹立たしさを覚えて出たものだろうし、自分の発言を間違いだとは思っていなかったはずだ」

まあ、エッカルト皇帝はその場にいなかったのに、まるで見てきたように当時の状況を言い当てたわよ。恐ろしい推測力だわ。

私はびっくりしながらエッカルト皇帝を見上げる。

それから、確かに皇帝の言う通りね、と彼の言葉の正しさを認めた。

『取り替えられでもしない限り、ジークムントのような優秀な者がこの一族に生まれるはずはない』と発言したことを、私はこれっぽっちも後悔していないし、反省もしていないわ。

何一つ落ち度がないジークムントが、一族の全員から除《の》け者《もの》にされていた様子を見て、我慢ならなかったのだから。

「君が過《あやま》ちだったと認めたのは、ジークムントのためだな。誇り高い狼一族は、決して自分たちの過ちを自ら認めないだろう。君が折れなければ和解に時間がかかっただろうから、ジークムントのために君が泥をかぶったのだ」

まあ、お見通しねと思ったけれど、私は純粋な厚意だけで動いたわけではないし――――何なら狼一族は皆、少しくらい痛い目に遭《あ》えばいいとまで思ったのだから、ここで褒められるのは違うわよね、と曖昧《あいまい》な返事をする。

「……勢いで行動したら、こうなっただけです」

私の答えを聞いた皇帝は、驚いたように目を丸くすると、おかしそうな笑い声を上げた。

「ははは、そう返してくるか！　獣人族ならば誰であれ、己の手柄だと威張り散らす場面だろうに、ここでとぼけるのか。なるほど、今後は君の行動に注意しなければならないようだな。君はおとなしそうにしている時が一番危ない」

「い、いえ、陛下はお忙しいのですから、私のことなど気にしないでください。先ほども言いましたが、私は虚弱で繊細でか弱い人間族ですから、いつだっておとなしくしていますので」

エッカルト皇帝は有能で何事も見逃さなそうだから、目を付けられたらたまらないと、放置してくれるようお願いする。

私は本気で言ったというのに、エッカルト皇帝は相手にすることなく、再び笑い声を上げた。

「ははは、本当に君は面白いな。滅多にないような偉業を達成したというのに、これが君のいつも通りだと言うのならば、私は常に君に気を配っていなければいけないということだ。何と言っても、君は大した策略家だからな」

「さ、策略家？」

顔をしかめて聞き返すと、エッカルト皇帝は機嫌がいい様子で頷く。

「君はジークムントの性格を理解しているようだから、親子関係が明らかにされた時点で彼の背中を押せば、あの親子が和解することは読めていたはずだ。しかし、ジークムントの勝利を確定させるため、君は敢えて彼の両親が歩み寄る方法を取った。まるで盤上の駒のように、君は人々を思い通りに動かせるのだな」

私はぎょっとして皇帝を見つめた。

「そ、そんなことできませんよ！　私はただ……」

何と言えば皇帝を納得させることができるのかしら、と私は必死で考える。

多分、謙遜してばかりいてもダメなのだろう。ちょっとばかり自分に都合がいいことを言った方が、説得力が増す場合があるから、ここは少しばかり偽悪的に返すべきかもしれない。

「陛下が言われる通り、私はジークムントのことが分かってきました。そのため、彼がとっても役に立つことも分かってきました。だから、今後も私のために働いてもらおうと、恩を売っただけです！」

皇帝はにやりと口元を歪《ゆが》めた。

「そうか。だとしたら君の行動は最高の結果を引き出すだろうな。ジークムントは通常価格の十倍で恩を買うぞ」

「えっ？」

十倍？

「今後は付きまとわれることを覚悟するんだな」

私はぎょっとしてエッカルト皇帝を見つめた。

ただでさえジークムントは私の面倒を見すぎだと困っていたところなのに、これ以上ですって？

「あっ、いえ、実のところ、ジークムントには十分よくしてもらっているので、これ以上というのはよくないです。今回、彼は狼一族と理解し合ったようですから、今後は領主としての仕事も増えるだろうし、そちらに専心してもらうべきですね」

「手遅れだ」

エッカルト皇帝はあっさりそう言うと、からかうように私を見下ろした。

「君はまだ狼の気質を知らない。彼らは誇り高い分、自分たちの誇りと価値を高めてくれた者に、多大な恩を感じる傾向がある。君は我が帝国でも二か所しか見つかっていない古代遺跡を、彼らの根城の地下に見つけたのだ。狼一族にとって、これ以上名誉なことはない」

「そ、それはジークムントの功績で……」

「この地はジークムントの領地だ。これまで彼は、この地で何千日と過ごしている。その間に何も起こらなかったことが、君がこの地を訪れた翌日に発生したのだ。たとえ古代遺跡や庭園を見つけたことがただの偶然だとしても、それが誰の手柄なのかは、言われなくても皆分かっている」

理路整然と詰め寄られ、私はしどろもどろに返事をする。

「いや、その、私は」

すると、皇帝は称賛するように目を細めた。

「それに全てがただの偶然というわけでもないだろう。古代遺跡の発見は偶然かもしれないが、魔女の庭園を見つけたのは君の知識によるものだ。恐らく、君は魔女の植物を事前学習しており、あの特徴的な形状から『魔女の占い葉』であることを見抜いたのだろう」

ああー、何だか私が実際よりも立派な人物に仕立て上げられているわ。

でも、私が魔女かもしれないということは秘密だから、否定することもできないわね。

「カティア、君はこれまで私が見たこともない種類の人間だ。己の手柄だとふんぞり返る場面で、必死に己の功績をなかったことにしようとするのだからな」

「ぐう……」

何も言うことができず、言葉に詰まる私の前で、皇帝はおかしそうに微笑んだけれど――――その微笑みはこれまでのような、何を考えているのか分からないものではなく、表情通りおかしく思っているのだと信じられるものだった。

そのため、私は何かに失敗したような、あるいは、何かを上手くやりすぎたような気持ちになったのだった。

# 15
## ジークムントの騎士の誓い

皇宮に戻る馬車の中で、私は皇帝と二人きりになった。

何を話そうかと考えていると、エッカルト皇帝が思い出したように口を開く。

「カティア、君が古代遺跡に入り込んだのは、鉱山で宝石拾いをしている最中だと聞いた。十分な宝石が拾えなかったのであれば、私の方で用意しよう」

未《いま》だ私の片腕は包帯でぐるぐる巻きにされていたため、私自身で宝石を拾うのは難しいと判断されたようだ。

確かに鉱山では小さな宝石を一つ拾っただけで、早々に古代遺跡に迷い込んでしまった。けれど、古代遺跡で魔女の使用人たちからピンク色の宝石をたくさんもらったことを思い出し、十分だわと首を横に振る。

「いいえ、十分な宝石を収集できたので大丈夫です」

「……そうか。何か困ったことがあったら、私に言いなさい」

皇帝が最後に付け足した一言を聞いて、私はふっと小さく微笑《ほほえ》んだ。

「どうした？」

「いえ、優しい言葉をかけてもらったわ、と嬉《うれ》しくなっただけです。陛下がお優しいので、私たちは仲のいい夫婦になれそうですね」

忘れていたけど、私はエッカルト皇帝と仲良し大作戦を決行中だったわ、と笑みを浮かべる。

すると、皇帝は少し考えた後、ぽつりと同意した。

「そうかもしれないな」


その日の夜、私は鏡台に映る自分に向かって話しかけた。

「……最近、エッカルト陛下の態度が軟化してきたような気がするわ」

自分に都合のいいよう解釈しているだけかもしれないけど、眼差《まなざ》しも口調も話す内容も、随分優しくなった気がする。

「理由は分からないけど、優しくされるならそれに越したことはないわよね」

いい傾向だわ、と思いながらベッドに入ろうとしたところで、窓越しに遠くの部屋がびかびかと光るのが見えた。

一体何かしらと眺めていたけれど、その部屋はびかびかと光り続けている。

気になったので、私は夜着の上からきっちり厚手のガウンを着用すると、自室から廊下に出て、光が見えた方向に歩いていった。

獣人族は個人の自由を大切にする種族だからか、それとも皇宮に危険はないとの自負があるのか、廊下を守る兵士たちは私を見ても後をついてこなかった。

そのため、一人でペタペタとスリッパの音を立てながら廊下を歩く。

部屋の窓から見えた光の方向を計算し、ここだと思う部屋の扉を開くと、中から誰何《すいか》の声が上がった。

「誰だ！」

まさか人がいるとは思わなかったため、私はびっくりして謝罪する。

「その声はジークムントかしら？　ごめんなさい。東翼の部屋は使われていないと聞いていたから、誰もいないと思ったの」

発せられた声がジークムントのものに聞こえたため、当てずっぽうで名前を呼んだところ、実際に上半身裸のジークムントが驚いた様子で部屋の奥から走ってきた。

「お姫様、どうされました？」

「い、いえ」

どうかしたのは上半身裸のジークムントじゃないかしらと思ったけれど、エッカルト皇帝が上半身裸で眠っていたことを思い出し、もしかして獣人族は半裸で眠る習慣があるのかしらと、言いかけた言葉を呑《の》み込む。

というか、どう見てもジークムントはこの部屋で眠ろうとしていたようだから、邪魔をしたのは私の方だわ。

「邪魔をして悪かったわ。使用されていないはずの東翼に明かりが見えたから、何事かしらと見に来たの」

ジークムントは顔をしかめた。

「危険があるかもしれないと思ったのに、自ら飛び込んできたんですか？　お姫様、母国では誰もお姫様の無鉄砲な行動を注意しなかったんですか」

母国では誰もが私を最強だと思っていたから、注意されることなんてまずなかったわね。

そう思ったけれど、私は脆弱《ぜいじゃく》な人間族を演じている最中だったため、曖昧《あいまい》な笑みを浮かべてごまかす。

「ほら、暗闇の中で見る光は特別で魅力的なのよ。昆虫だってよく、光に魅《ひ》かれて寄ってくるじゃない」

「『飛んで火にいる夏の虫』というやつですか。それであれば、『明るさに誘われてきた虫が、火の中に飛び込んで焼け死んでしまう』という意味ですよね。またとんでもないたとえを持ち出してきましたね」

ああー、確かにたとえが悪かったわ。

よし、ジークムントを褒めることではぐらかしてしまおう。

「ジークムントったら、難しい言葉を知っているのね」

「お姫様はオレのことを生粋《きっすい》の阿呆《あほう》だと思っていますよね」

じとりとした目で見つめられたため、無害そうな笑みを浮かべる。

「まさかそんな。というか、ジークムントは灯《あか》りを点けて眠るのね。それに、いつもと違う部屋で眠ろうとするなんて、気分転換かしら」

ジークムントはなぜそんなことを尋ねてきたのだと訝《いぶか》し気な顔をしたけれど、律儀に答えてくれた。

「オレは昨日まで領地に戻っていましたから、しばらくは皇宮に戻らないだろうと侍女たちに判断され、専用の部屋を大掃除されている最中なんです。数日間は使用できないということだったので、今夜はこの部屋を借りたんです」

「そうなのね」

納得して頷《うなず》いていると、ジークムントは少しだけ開いている扉の先で、ぴかぴかと光っている部屋の灯りに視線を向けた。

「それから、灯りですが……この部屋の灯りは消えないんです」

「そんなことがあるものかしら?」

消えない灯りというのがあるのかしら、と不思議に思ったところで、ああ、と言葉を続ける。

「そうだったわ、この部屋の灯りは消すのに少しコツがいるのよね」

私はジークムントの許可を取って部屋に入ると、灯りに顔を近付けた。

「あー、確かにこの部屋に慣れていない人には、ここの灯りを消すのは難しいでしょうね」

灯りに顔を近付けすぎて眩《まぶ》しくなったため、私は目を細めながら作業する。

「この灯りはねじの締め具合が難しいの。締めすぎても緩めすぎてもいけないから、なかなか大変なのよね。限界まで緩めてから……二回半締めると……ほら消えたわ」

「すっげえですね！」

ジークムントが驚きで目を丸くしたので、ふふんと胸を張った。

「そうでしょう！　……と言いたいところだけど、大袈裟《おおげさ》だわ。灯りが消えただけじゃないたいした話じゃないわと苦笑したけれど、ジークムントは真顔のまま大きく頷く。

「いや、本当にすっげえです。お姫様以外、誰もその明かりを消せる者はいませんよ。ここは、先代魔女が時々使っていた部屋なんです。そして、……聞いたことがあります。魔女は個人が獲得した情報を、種として次世代に継承することが可能だと。そんな夢のような話があるもんかと思っていましたが、目の当たりにしたことで、事実だと理解しました」

「いや、そんなものすごい話じゃないから。私はただ灯りを消しただけで、大したことはしていないわ」

そう答えたものの、確かに私はどうして特別なテクニックがいる灯りの消し方を知っていたのかしら、と不思議に思う。

小首を傾《かし》げていると、ジークムントが首を横に振った。

「大した内容じゃないからこそ、種として継承した情報だと信じられるんですよ。こんなどうでもいいこと、わざわざ二百年前の魔女が口伝《くでん》なり文書なりで、他の誰かに伝えようとするはずがありませんから」

ジークムントの言葉を聞いて、『魔女の占い葉』についての情報が、すらすらと頭の中から出てきたことを思い出した。

あの時も、なぜ私が知るはずもない情報が頭の中から出てきたのかしらと不思議に思ったけれど、歴代の魔女の知識を継承したというのであれば納得できる。

「私が魔女かもしれないという話だけど、私の目は青いわよね。魔女は赤い目をしているというし、私の目が赤くなったのは一度だけだから、何かの間違いという可能性もあるんじゃないかしら」

魔女しか知り得ない情報を知っていたことは不思議だけれど、それでも私が魔女である可能性はせいぜい五割程度じゃないかしら、と思いながらジークムントを見上げる。

けれど、ジークムントは迷う様子もなく首を横に振った。

「お姫様は魔女です。そうでなければ、新たな古代遺跡が見つかるはずはありません」

皆の反応を見て、古代遺跡の発見は私が思うよりも遥《はる》かにすごいことなのだわ、と実感したところだったので、何も言えずにジークムントを見つめる。

すると、ジークムントは突然足を揃《そろ》えて床の上に座り込んだと思ったら、両手を床に突いて深く頭を下げた。

「お姫様、これまでのご無礼を心からお詫《わ》びします！　本当に申し訳ありませんでした‼」

「えっ、ジ、ジークムント⁉」

突然、半裸で何を始めたのかしら、とぎょっとしたけれど、彼は頭を深く下げたまま言葉を続けた。

「ごめんなさい。すみません。図々しい願いですが、どうか償う機会をもらえませんか」

「はっ、はい？」

「オレは必ずあなた様のために死にます。ですから、あなた様の側《そば》にいることをお許しください。そして、いつかあなた様のために死ぬ機会を与えてください」

深窓の姫君ならば、ここで「嬉しいわ」と言いながら頬を赤らめるのが正解なのだろう。

私だって由緒正しき神聖王国の王女なのだから、そんな風に行動したって咎《とが》められないと思うけれど……。

「ええと、それは無理じゃないかしら。だって、私はあなたより強いもの」

きっぱりと言い切ると、ジークムントはドゴンと床に頭をぶつける。

「どうして魔女なのに、そんなに強いんですか！　本当に、お姫様は冗談にならないほど強いですよね」

「私が強いのは、たくさん魔法の練習をしたからよ」

非常にシンプルな答えを返すと、ジークムントは床に埋めていた顔を上げて私を見た。

「お姫様はすごく努力をされたんでしょうね。強い者はそれだけ多くの努力をしたということです。オレはお姫様の強さを尊敬します」

「えっ、そ、それはありがとう」

ストレートに褒められたので、気恥ずかしくなってお礼を言う。

そんな私を、ジークムントは真剣な表情で見つめてきた。

「お姫様のことをカティア様と呼んでいいですか？　そして、あなた様の盾になることを許してもらえますか？」

ジークムントが床に座り込んだまま、ずずっとにじり寄ってきたため、私は動揺してぱちぱちと瞬《まばた》きをする。

「カティア様はオレを本物の狼《おおかみ》一族の当主にしてくれました。狼の血族に対する愛着はすごいんです。オレはこれまでも当主でしたが、ずっと一人でした。誰もオレを血族だとは認めてくれなかったから。そんなオレが救われるためには、両親の実の息子だと証明する以外に方法がありませんでした。しかし、そんな方法はこれまでどこにも存在しなかったんです」

実際に狼領に行き、ジークムントが一族とともにいる姿を目の当たりにしたため、彼の訴えが身に染みて感じられた。

ジークムントは幼い頃からずっと、一族から仲間として受け入れてほしかったのだろうなと思われたし、今回、皆から受け入れられ、さらには一族の誇りだと言われたことで、幸せになれたのだろう。

「カティア様はオレの救世主です。だから、オレはカティア様に騎士の誓いを行いたいです」

「えっ、そ、それは構わないけど」

母国の騎士たちも上司である私に『騎士の誓い』を行っていたわねと思いながら、何気なく承諾すると、ジークムントは目に見えて顔を輝かせた。

「えっ、いいんですか!?　ありがとうございます!!」

歓喜の表情を見せるジークムントを目の当たりにして、訝しくは思ったものの、――――私は気付きはしなかった。

獣人族の『騎士の誓い』が、ものすごく重いものであることを。

「ありがとうございます！　今ここで誓わせていただきます!!」

ジークムントは一秒も無駄にしないとばかりに走っていくと、壁にかけてあった立派な剣と盾を手に取り、再びすごい速さで戻ってきた。

それから、私の前に跪《ひざまず》くと、剣と盾を恭《うやうや》しく差し出し、低く深い声で誓約の言葉を述べる。

「わたくし、ジークムント・ヴォルフは今この瞬間より、カティア・サファライヌの錆《さ》びない剣と

なり、割れない盾となることを、わたくしの血と肉に誓います」
私が儀礼通りに彼の剣と盾を受け取ると、ジークムントはもう一度深く頭を下げた。
しばらくの後、彼は再び顔を上げると、決意した眼差しで私を見つめてきたのだった。

# 16

## 皇帝との深夜の遭遇

感動冷めやらぬ様子のジークムントを部屋に残すと、私は彼の部屋の扉を外側からぱたりと閉めた。

……困ったわね。私が魔女である可能性がどんどん高まってきたわよ。

ザルデイン帝国に来て以来、私は自分が魔女かもしれないという事実を、突き付けられ続けている。

当然のことながら、母国にいた頃には考えられなかった事態だ。

もしもこの国に来ることがなかったら、私はきっと自分が魔女だとは考えもせずに過ごしていたはずだ、と考えたところで背筋《せすじ》がぶるりと震えた。

なぜだかそのことがすごく恐ろしいことに思えたのだ。

自分の考えに没頭していたせいか、至近距離まで近付いて初めて、エッカルト皇帝が廊下に立っていることに気が付く。

夜遅い時刻だというのに、きっちりとした服を着用している皇帝を見て、こんな時間まで仕事をしていたのかしらと申し訳ない気持ちになった。

私が怪我《けが》をしたせいで、一緒に狼《おおかみ》領に留《とど》まることになり、それが原因で仕事が溜《た》まっているのじゃないかしらと思われたからだ。

「エッカルト陛下、遅くまでお仕事ですか？」

話の取っ掛かりになれば、と質問してみたけれど、皇帝は答えることなく、目を細めて咎めるような声を出した。

「こんな夜更《よふ》けに男性の寝室から出てくるとは、褒められたものではないな」

完全なる言いがかりに、私はぎょっとする。

「ご、誤解を招くようなことを言うのはやめてください！　もちろん分かって言っているのでしょうが、ここはあなたの腹心の部下であるジークムントの部屋ですよ。問題など起こるはずもありません」

エッカルト皇帝は不同意を示すように、わずかに首を傾《かし》げた。

「昨日までならその言葉を信じられたが、今となっては自信がないな。あの狼は完全に君に陥落した」

その瞬間、ぶわりと全身に鳥肌が立つ。

あ……っ、エッカルト皇帝は私を誘惑しようとしているわ。

なぜだか突然そう思い、後ろに下がると、背中が壁に阻まれた。

エッカルト皇帝は両手を伸ばしてくると、私の顔を挟み込むような形で壁に手をついたため、皇帝の腕の中に閉じ込められてしまう。

「えっ？」

驚いて目を上げると、エッカルト皇帝の端整な美貌が私を見下ろしていた。

得も言われぬいい香りがふわりと漂ってきて、私の体温がどくりと上がる。

蛇に睨《にら》まれた蛙《かえる》のように追い詰められた気持ちになっていると、皇帝が体を屈《かが》め、触れんばかりに近付いてきた。

至近距離で瞳を覗《のぞ》き込まれ、心臓が破裂しそうなほどばくばくと拍動する。

これ以上は耐えられない、と思ったところで、エッカルト皇帝の魅惑的な声が響いた。

「見間違いか？　赤い瞳に見えたが……炎が瞳に映り込んでいただけか」

確かに私の頭上にはランプが設置されており、炎が赤々と燃えている。

なるほど、炎の反射で瞳が赤く見え、まるで魔女の色を持つように見えたのね。それは確かに、確認したくなるわよね。

そして、もう確認は済んだようだから、離れてもらえるとありがたいわ。

エッカルト皇帝は深夜に二人きりの廊下で密着するにはイケメンすぎるから、心臓が持たないのよね。

「エ、エッカルト陛下、どうか離れて……」

「ジークムントの忠誠心は、『八聖公家』の中でも抜きんでて高い。その彼が、私の妃《きさき》となる者を夜中に私室に入れるとはよほどのことだ。君が魔女であるのならば、その疑問は解決するのだが、そのような夢物語があるはずもない」

「………」

偶然ではあるものの、エッカルト皇帝の言葉は真実を引き当てていた。

『少なくともジークムントは私を魔女だと思っています』と返事をすれば、目の前の問題は片付くのだろうけど、より大きな問題を引き寄せることは火を見るよりも明らかだ。

そのため、肯定も否定もできずに彼を見上げる。

「君の夫になるのは私だ。だから、君が誰かを誘惑したくなったら、まず私に誘いかけるべきだ」

「さ、さ、誘いかけるって……」

私は触れそうなほど近くにいる、嫌になるほど整った顔立ちを見つめた。

すごいわね。近くで見ても、何一つ欠点が見つからないわ。

肌はすべすべだし、瞳は宝石のように輝いているし、まつ毛は濃くて長いし、歯は真っ白だし

……漂ってくる香りがどんどん濃くなってきて、頭がくらくらしてきたわ。

これは間違いなく、私がエッカルト皇帝に誘いかけたとしても、ミイラ取りがミイラになる未来しか見えないわね。

そう考えていると、追い打ちをかけるように魅惑的な声が響いた。

「君はこういうことに慣れているのだろう？」

「な、慣れている？」

皇帝は何のことを言っているのかしら。

ダメだわ。度を越えたイケメンというのは、相手を混乱させる効果があるようで、エッカルト皇帝の言葉が理解できないわ。

「君は母国にいた時、騎士団で多くの男性を侍《はべ》らせていたと聞いている」

それは、騎士団を統率していたことを言っているのかしら。

「そ、そうですね。あそこでは皆が私を歓迎してくれたので居心地がよく、いつだって騎士団に入り浸っていましたね」

働きすぎだからもっと休みなさい、と騎士たちに言われていたことを思い出す。

母国での私は完全にワーカホリックだったわ、と現実逃避のため思考を飛ばしていると、エッカルト皇帝が呆《あき》れた様子でため息をついた。

「人間族の王女の行為としては咎められないのかもしれないが、君は私の妃となるのだ。獣人族は非常に独占欲が強いから、気を付けた方がいい。今後、同じようなことをすれば、君は酷《ひど》い目に遭《あ》うだろう」

ひ、酷い目？　って、何かしら。

私は最強の魔法使いだから、どんな攻撃を受けてもやり返せるから心配ご無用です！　って話ではないのよね、きっと。

どんな言葉を返しても危険な気がしたため、私はただただ従順に頷《うなず》いた。

そんな私を見て、エッカルト皇帝は皮肉気に唇を歪《ゆが》める。

「ここで頷くのか。君は本当に……危機回避能力が高い」

そう言うと、エッカルト皇帝は私の反応を確認するようにじっと見つめてきた。

未《いま》だ危険は続行中に思われたため、下手《へた》な刺激を与えないようにと、瞬《まばた》きもせずに皇帝を見上げる。

すると、エッカルト皇帝はゆっくりと傾けていた体を起こした。

それから、まるで捕食対象を眺める肉食獣のように目を細めて私を見つめた。

「……おやすみ、私の魅力的な人間族の婚約者殿」

# 17

# 狙われた魔女

翌日、私は皇宮の庭にある東屋《あずまや》で、一人で紅茶を飲んでいた。

そして、どうにもならないことを悩んでいた。

「はあ、どうしてエッカルト皇帝はあれほどイケメンなのかしら？」

長年一緒にいたヒューバートとの婚約がダメになり、もう恋愛はこりごりだと思っている私ですら引き込まれそうな魅力というのは問題だわ。どうにかならないものかしら。

他に類を見ないほどの美貌だけならまだしも、内面がイケメンなのだから、逆らう術《すべ》が見つからない。

顔がいい。声もいい。能力も高くて、立派な指導者で、男気があって、情に厚い。

「ああー、一体どこに欠点があるのかしら！」

私はテーブルに突っ伏すと、うめき声を上げた。

私は石木でできているわけじゃないから、イケメンを見るとカッコいいと思うし、男前な行動を取られると素敵だなと思ってしまうのよね。

唯一の救いは、彼が私を嫌っていることなのだけど、最近、その度合いが弱まったような気がするし、さすがイケメンだけあって、好ましくないと思っている私にも誘惑するような言動を見せてくる。

特に、昨夜のエッカルト皇帝は酷《ひど》いものだった。

彼は深い意味なく行動しているのかもしれないけど、私は慣れていないこともあって、エッカルト皇帝の一挙手一投足に翻弄されてしまうのよね。

あんなことをされたら勘違いしてしまい、皇帝に好意を寄せるようになったとしても、仕方がないんじゃないかしら。

それとも、あれっぽっちの行動は獣人族にとって挨拶《あいさつ》のようなもので、私が過剰反応しているだけなのかしら。

「兄の不始末の代償として嫁ぐからと、色々と覚悟をしてきたのだけど、至上のイケメンから色気のある目で見つめられ、誘惑されるようなことを言われるのは想定外だわ。さすがに私もぐらりとくるというか……」

はあ、もしかしたら私は、恋愛的にチョロいのかしら。

残念な私の特質に気付き、大きなため息をついたところで、突然、背中にぞくりと凍えるような感覚が走った。

「えっ？」

エッカルト皇帝に至近距離で見つめられた時も背筋がぞくりとしたけれど、それとは本質が異なる恐怖だ。

というよりも、これは母国で慣れ親しんだ感覚だわと思ったところで、木々の間から異形の生物が顔を覗《のぞ》かせた。

そのため、私ははっと息を呑《の》む。

魔物だ。

母国で散々見てきた姿を目にしたことで、ジークムントが皇宮の地下にある古代遺跡は迷宮《ダンジョン》とつながっていると言っていたことを思い出す。

それから、迷宮には魔物が棲《す》んでいるということも。

母国に古代遺跡はなかったものの、迷宮は複数存在していた。

そして、迷宮には必ず魔物が存在したから、その対応は騎士団を統括する私に任されていた。

私はこれまで何百、何千という魔物を討伐してきたから、目の前に現れた魔物が、普段は深淵に引き籠っているような強い種類だということを瞬時に理解する。

「何てことかしら。深淵から出てきたばかりか、迷宮の外にまで出てくるなんて……」

私の口から、魔物に対する不満が零《こぼ》れ落ちた。

ジークムントは『古代遺跡と迷宮はつながっているから、迷宮に棲む魔物が古代遺跡に流れ込んでくる』と説明してくれたけれど、同時に『魔物が遺跡の外に現れることは滅多にない』とも言っていた。

それなのに、迷宮の深淵に棲む魔物が遺跡の外にまで出てきたのは……多分、私が原因だろう。

先日、ジークムントが発した言葉が思い出される。

『古代遺跡には高ランクの魔物も侵入してきます。古代遺跡の一角が、魔物が発生する迷宮とつながっていて、そこから、魔女の使用人という美味《おい》しい餌につられて、魔物が入ってくるんです』

私が本物の魔女かどうかは不明だけれど、一時的に魔女に変態したのは事実だ。

元には戻ったものの、あの時、私の体は魔女に近付いたのじゃないだろうか。

そして、魔物はそのことを感じ取り、魔女である私を追ってきたのじゃないだろうか。

魔物にとって、魔女の使用人が美味しい餌であるのならば、魔女本人はもっと美味しい餌になるはずだから。

そして、魔物の種類によっては、人間の何百倍もの嗅覚を持っていたり、知覚能力に優れていたりするから、それらの特性を生かして私の存在に気付き、迷宮から出てまで探しに来たのじゃないだろうか。

「ああ、どうしてあと一か月後に現れてくれないのかしら！」

私は今、片腕を治療中で、完治するまで一か月かかると言われている。

魔法を発動させる場合、必ず魔力は腕を通るから、怪我《けが》をした状態で行使すると大変なことになるのだ。

下手《へた》をすれば、二度と魔法が使えなくなるかもしれない。

「ううー、でも、やるしかないわ。ものすごく努力して、ここまで極めた魔法が使えなくなるのは悲しいけれど、死ぬよりはいいもの」

下手に逃げ出しても追ってこられるだけだろうし、そうしたら被害が拡大するはずだ。

だから、ここで仕留めてしまうのが最善だろう。

私は立ち上がると、魔物をじっと見つめた。

目測で、魔物との距離を測る。

目の前にいるのは、真っ青な鎧《よろい》を身に着けた巨大な蜘蛛《くも》だ。

青い鎧を身に着けているため、上位の魔物に当たることは間違いない。

同じ蜘蛛型の魔物だとしても、青い鎧を身に着けているものの攻撃力は高く、特性である専用の糸も長く強靭《きょうじん》なのだ。

「はあ、このレベルの魔物であれば、騎士と魔法使いで戦うのが基本なのに、あいにく今日は私一人なのよね」

魔法使いはどうしても詠唱時に隙ができるから、騎士とともに戦うのが基本ルールだ。

目の前にいる魔物は上位種だから、狡猾《こうかつ》だし素早いだろう。

普通に考えたら、魔法使い一人で対応する相手ではないのだけれど、今日ばかりは仕方がない。

私は片腕が使い物にならなくなる覚悟をすると、両手を構えた。

長々と呪文を唱えたら、その間に攻撃されるに違いない。だから、私は詠唱を省略すべきだろう。

ただし、その場合は通常よりも威力が劣るので、ぎりぎりまで相手を引き付けなければならない。

私は魔力発動に必要な時間を計算しながら、青蜘蛛が近付いてくるのを見つめる。

距離は十五メートル。

私は魔力を完全に体の中に閉じ込めているから、青蜘蛛は私のことを魔法使いだとは認識していないはずだ。

だから、何の脅威にもならないだろうに、警戒しているのかゆっくりと近寄ってくる。

あと十メートル、……七メートル、……五メートル。

今だわ、と思ったところで、青蜘蛛も同じように考えたのか飛び上がると、私に向かって糸を吐き出してきた。

糸が体に巻き付いたとしても魔法発動に影響はない、と避《よ》けることなく呪文を口にしかけたその時。

「『炎……』」

私の前に何者かが飛び出してくると、私に巻き付く寸前だった蜘蛛の糸を剣で切り裂いた。

「えっ？」

突然、私を魔物から庇《かば》うように現れた大きな背中を見て、私は目を見開く。

そんな私の視界に、エッカルト皇帝が大きく剣を一振りする姿が見え……その一閃《いっせん》だけで青蜘蛛の全身は凍り付き、大きな音を立てて地に伏したのだった。

エッカルト皇帝の剣には氷が宿っていた。

先日、私が披露したへなちょこな氷魔法とは全然違う。

刀身は氷でできており、敵を切り裂くだけで相手を凍て付かせ、命までをも凍らせる代物で、普通の者では触れることすらできない特別な剣だった。

「こ、皇帝ともあろう人がここまで強いの⁉」

私は驚愕《きょうがく》して、大きな声を出す。

私の兄は王太子で、いずれ王になる者だったから、教養程度の剣の腕しか身に付けていなかった。

まさか王になる者が自ら戦うはずもないため、兄自身に何かあった時の自衛の手段として修めた程度のものだ。

それが普通だと思っていたため、皇帝が戦うための剣技を身に付けていたことに驚愕する。

しかも、青蜘蛛を一振りで屠《ほふ》るほど強いなんて、卓越した剣士であることは間違いない。

エッカルト皇帝の鍛えられた体付きを見て、強いのではないかと予想していたものの、まさかここまでとは思わなかったため、びっくりして見上げると、彼は真剣な表情で私を見つめていた。

「カティア、怪我はないか？」

一番に心配されたことに驚き、短い言葉を返す。

「え、ええ、大丈夫です」

皇帝は私の言葉を確認するように、私の全身に視線を走らせた後、安心した様子で頷《うなず》いた。

それから、青蜘蛛に視線を移す。

「なぜ魔物が迷宮から出てきたのだ？　二百年前、魔女がこの宮で暮らしていた時、魔物が魔女を求めて彷徨《さまよ》い出たことがあったというが……それほど昔に遡らなければならないほど、珍しいことのはずだ」

「……………」

エッカルト皇帝が口にした言葉が核心的すぎて、返事ができずに黙り込む。

皇帝は自分の考えを整理するように、さらに言葉を続けた。

「最近は皇宮でおかしなことばかりが起きる。魔女が植えたと言われる桃夢花が咲き、魔女の使い魔である聖鳥がさえずった。そればかりか、今度は迷宮に引き籠っているはずの上位の魔物が地上にはい出てきた。……いや、常にないことが起こるのは皇宮ばかりではない。狼領で我が国三つ目の古代遺跡が発見されたのだからな」

「……………」

エッカルト皇帝が一つ一つ魔女に関する事柄を羅列するのを聞いて、どくどくどくと心臓が拍動を強める。

皇帝の推理力は恐ろしく高い。点と点を結び付けて、真実を探り当てようとしているのだから。

もしも私が魔女かもしれないと分かったら、皇帝は私をどう扱うのかしら。

よく分からないけど、私にとってよくない結果をもたらすような気がする。

ドキドキしながらエッカルト皇帝の次の言葉を待っていると、皇帝は顔を上げて私を見つめてきた。

私を見る時の癖なのか、彼の視線が思わずといった様子で髪に逸《そ》れる。

それから、皇帝は諦めたように目を瞑《つぶ》った。

「君がピンクの髪をしているだけで、全《すべ》ての物事がドラマティックに仕立て上げられるな。偽物だと分かっているのに、そのピンクの髪を本物だと信じ……君が魔女の眷属《けんぞく》に思えてくるのだから」

それが、もしかしたら私は本物の魔女なのよね。

何も言えずに皇帝を見上げると、彼の顔色がいつになく悪いことに気が付いた。

そうだ、皇帝は簡単に上位の魔物を屠ったけれど、あれだけの魔物を一刀両断するためには、恐ろしい量の魔力を剣に吸われたはずだ。

以前、ジークムントがエッカルト皇帝は体調が悪いと言っていたから、先ほどの戦いは彼にとって大きな負担になったに違いない。

それなのに、どうして彼は私を助けてくれたのかしら。

たまたま通りかかったのだろうけれど、彼に私を助ける義理はないから、そのまま見て見ぬふりをしても誰にも咎《とが》められないのに。

私には彼の行動が理解できなかったため、思わず皇帝に質問する。

「どうしてエッカルト陛下は私を助けてくれたんですか？　私のことがお嫌いでしょうに」

「……そのようなことを、私は一度でも君に言ったか？」

そのくらい言われなくても分かるわ、と私は至極当然の言葉を返す。

「私だって、それくらい気付きますよ」

皇帝は横目で私を見ると、感情を滲《にじ》ませない声で続けた。

「だとしたら、君の観察力不足だな。私は君を嫌ってはいない」

そんなはずないと思ったので、私は思わず大きな声を出す。

「ですが、獣人族は個人でなく、一族として物事を捉えると聞いています！　それは種族としての考え方なので、私はその考えを尊重します。ですから、『不祥事を起こした王太子の妹』ということで、皇帝が私を嫌うことは仕方がないと思います」

すると、エッカルト皇帝は思ってもみないことを口にした。

「君がサファライヌ神聖王国の王太子と別人だということは分かっている。彼の罪に君が連座することはない。だから、そのことで君を糾弾するつもりは一切ない」

私はびっくりして目を見開く。

「え、そうなんですか？　でも、『八聖公家』の皆様は……」

『八聖公家』の公爵たちは、初対面の時から全員、私のことを嫌っていた。

そのため、ああ、不祥事を起こした王太子の妹として、当然のように嫌われたのだと理解した。

彼らが獣人族である以上、そう考えるのは仕方がないことだし、エッカルト皇帝も同様だと思っていたのに。

それなのに、彼は『不祥事を起こした王太子の妹だから』と、当然には私を嫌っていなかった、というのだろうか。

「『八聖公家』の連中は、獣人族の中でも特にその特色を色濃く受け継いでいるからな」

公爵たちが私を嫌っていることを、皇帝が暗に認めたため、彼はこの件について嘘《うそ》をつく気がないのだと理解する。

それはつまり、彼が私を嫌っていないという発言も事実だということだ。

「大変失礼しました。私はエッカルト陛下を誤解していたようです」

私の方が偏見を持っていて、勝手にエッカルト皇帝の感情を決めつけていたのだわ、としゅんとなる。

すると、エッカルト皇帝は気にしていないとばかりに肩を竦《すく》めた。

「君がそう思い込むのももっともだ。実際のところ、公爵たちも君が誤解したのと同じ理由で、私が君を嫌っていると思っているからな。こちらの方は、そう思わせるような言動を、私が彼らの前で取ったからだが」


「えっ、そうなんですか？」

一体どうしてそんなことをしたのかしら、と不思議に思って聞き返す。

すると、エッカルト皇帝は皮肉気に唇を歪《ゆが》めた。

「君が先ほど言ったように、種族として当然に持っている性質を抑え込むのは難しい。そして、獣人族は一族単位で物事を考えるから、王太子の罪は彼の血族である君が引き受けるべきだと公爵たちは考えた。彼らの感情を抑え込むのは難しかったため、私も彼らに同調してみせたのだ。それから、彼らの代わりに私が君を裁くと示すことで、彼らを抑えようとした」

「それは上手《うま》い方法ですね」

獣人族は血気盛んな種族だから、「王太子と王女は別物だから罪に連座させない」と説いても、誰一人耳を傾けないだろう。

皇帝が公爵たちの感情に同調し、代わりに私を裁くと示したことで、やっと公爵たちは報復を任せる気になったはずだ。

私の知らないところで、皇帝は私を助けてくれたのだわ。

「サファライヌ神聖王国と我が国は遠く離れている。そのため、君についての正しい情報を入手することは困難だった。だから、私は自分の目で確かめることにしたのだが、……君が賢く、情があり、人のために動くことができる人物だということが分かった。事前に我が国の言葉を覚え、文化を学んできた努力家でもある。君は立派な人物だ」

面と向かって褒められたため、顔を赤くしたところで、エッカルト皇帝が一転して厳しい眼差《まなざ》しを向けてきた。

「しかし、私にはどうしても許せないことがある。それは君の髪色だ。君は知らない国に一人で来た。君の心細さは理解できるし、君が魔女を模して、その権威にあずかり、国民に認められようとする気持ちは分からないではない。頭では」

エッカルト皇帝はそう言うと、ぐっと唇を噛《か》み締めて視線を落とした。

「だが、心情的には、その髪色だけはどうしても許容できない。決して誰も、魔女をそのように扱ってはいけないのだ」

エッカルト皇帝は本当に魔女を尊敬し、崇拝しているのだわ。

「陛下のお気持ちは分かります。ですが、……私は陛下との婚姻が決まるずっと前から、ピンクの髪色をしていたんです」

皇帝が顔を上げ、私を見つめてきたので、私は分かってほしいと真剣な表情で見つめ返した。

「陛下が以前言われた通り、生まれた時の私は、金色の髪をしていました。けれど、六歳の時にピンク色に変わったんです。その時からずっと、私の髪はピンク色です。嘘だと思うのなら調べてください」

ザルディン帝国とサファライヌ神聖王国は海で遠く隔てられている。

これまで正式な国交がなかったこともあり、得られる情報は断片的で誤りも多いはずだ。

もちろんエッカルト皇帝はそのことを理解しているはずで、彼は考える様子で黙り込んだ。

そんな皇帝を前に、私はふと、母国で元婚約者のヒューバートと、最後の会話を交わしたシーンを思い出す。

『私は帝国に受け入れてもらえるよう全力で努力するわ。嫁いだ日から、帝国が私の国よ。あの国に誠実に向き合い、国民を愛するわ』

私はヒューバートに向かってそう言った。

それから、心の中で自分に言い聞かせたのだ。

(私は何も持たずに帝国に行こう。それが私の最後のプライドだ)

けれど、――――私は間違っていた。

だって、私は何も持たずに帝国に来たのではなかったから。

私は、私自身を持って帝国に来たのだ。

私の全ては、サファライヌ神聖王国で培《つちか》われたものだ。

そして、このピンク色の髪も生まれた時に備わっていたものでなく、母国で後天的に獲得したものだ。

　私は母国での最後の時間を懐かしく思い出しながら口を開いた。

「陛下に嫁いだ日から、私はこの国を自分の国だと考えることにします。私はこの国と誠実に向き合うと決めたので、髪色についても嘘はつきません」

　私はエッカルト皇帝をまっすぐ見つめた。

「私は十六年かけて獲得した、私自身を持ってこの国に来ました。あなたが目にしている私に、何一つ嘘はありません」

　私はきっと、エッカルト皇帝が探し求め、希求している魔女だろう。

　けれど、そうではなく、サファライヌ神聖王国が育んだカティア・サファライヌとして彼の前に立とう。

　私の脳裏に、ヒューバートへ告げた最後の言葉が浮かんでくる。

『ノイエンドルフ公爵、これまでありがとう。――――さようなら』

　ヒューバート、私はあなたとともに多くのものを学んだし、一緒に成長したわ。

　それらの全てを持って、私はエッカルト皇帝に嫁ぐから。

　だから、あなたは私のことなんてとっくに忘れているかもしれないけど、……最後にもう一度お礼を言わせてちょうだい。

　ありがとう、そして、さようなら。

母国での最後の思い出と決別したためか、ふらりと体がかしいでしまう。

そんな私を、エッカルト皇帝が慌てたように抱きとめた。

心配そうに眉根を寄せる皇帝を見て、私はなぜか大丈夫だという気持ちになる。

きっと、大丈夫。私はこの国で幸せになれるわ。

私は悪戯《いたずら》っぽい表情を浮かべると、冗談めかして皇帝に約束した。

「エッカルト陛下、兄の不始末の代償として、あなたは私を望まれました。それは正しい選択だったと、これから証明してみせますわ」

私の言葉を聞いた皇帝は虚を突かれたような表情を浮かべたけれど、すぐにおかしそうに微笑《ほほえ》んだ。

「……そうか、それは楽しみだ」


――結婚式は二週間後に迫っていた。

敵国に嫁いで
孤立無援ですが、
どうやら私は
最強種の
魔女？
らしいですよ

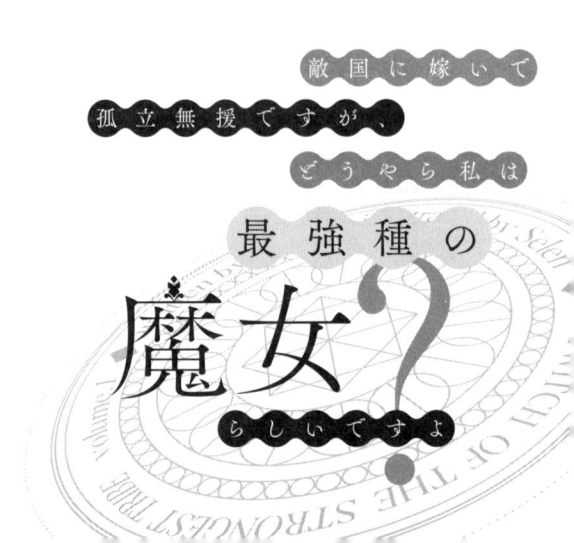

SIDE

ヒューバート

# 手放した運命の幸福を願う

TEKIKOKUNI TOTSUIDE KORITSUMUEN DESUGA,
DOYARA WATASHIHA
SAIKYOSHU NO MAJO RASHIIDESUYO?

――それは、サファライヌ神聖王国の会議室での出来事だった。

「カティア殿下は今頃、ザルデイン帝国でどうされているのだろうな？」

会議終了後、隣に座る大臣がぼそりと呟《つぶや》いた。

それは非常に小さな声だったが、周りにいる重臣たちにも聞こえたようで、熱のこもった声が次々と上がる。

「帝国へ行かれて一か月だ！　殿下のことだから、そろそろ手下の一人や二人、作られているんじゃないか？」

「いや、第一騎士団長、殿下は手下を作りに帝国へ行かれたのじゃありませんよ！　高名なるザルデイン帝国の皇帝陛下からぜひにと望まれたからこそ、帝国へお輿《こし》入《い》れされたのです!!」

「カティア殿下であれば、一か月もあれば帝国皇帝の心を鷲掴《わしづか》みされているんじゃないですか。何と言っても、我が国における最恐最悪の宰相閣下を……」

そこまで発言したところで、その最恐最悪の宰相が隣に座っていることに気付いたらしく、大臣はぴたりと口を閉じた。

その場にいる全員が、バツが悪そうに私を見つめてきたため、私、ヒューバート・ノイエンドルフは重臣たちが心の中で考えているだろうことを言葉にする。

「カティア殿下であれば、既にエッカルト皇帝の心を鷲掴みされているだろうな。何と言っても、人の心を持たないと噂される最恐最悪なこの私を虜《とりこ》にし、全《すべ》てを投げ出させたのだからな」

「ノ、ノイエンドルフ宰相閣下……」

「そのようにご自分を卑下《ひげ》されなくても……」

「その……いつか、いいことがありますよ」

次々に慰めにもならない言葉を発する重臣たちを見て、私はわざとらしいため息をついた。

……そう、どんな言葉も慰めになりはしない。

何と言っても、私は全てを――私にとってこの世の全てだった婚約者を、手放してしまったのだから。


私が運命に出会ったのは、私が九歳、彼女が六歳の時だった。

出会った時の状況があまりに衝撃的だったため、初めのうちはその状況も含めて彼女のことが印象に残ったのだろうと考えていたが、それは私の勘違いだった。

恐らく、私は初めから彼女に魅《ひ》かれていたのだ。

しかし、これまで一度も他人に心惹《ひ》かれたことがなかったため、随分長い間、私は自分の気持ちに気付くことができなかった。

気付きはしなかったものの、なぜ私は時間を見つけては王宮を訪れ、カティア王女の前に顔を出しているのかと不思議に思った。

春は王宮に咲く花々をともに愛《め》で、夏は湖で魚釣りを楽しみ、秋は落ち葉の上を歩き、冬は狭い部屋に閉じこもり膝を突き合わせて本を読む。

そんな風に、いつだって彼女と一緒にあろうとする自分の行動が信じられなかったのだ。

それから、彼女に近付く男性たちを牽制《けんせい》し、二度と彼女に近付くことがないよう、これでもかと叩《たた》きのめしていることを。

彼女の前でだけ、私はいつだってらしからぬ行動を取ったから、私が彼女を好きなのだと気付いた時、全てのことが腑《ふ》に落ちた。

「ああ、そうか、私はカティア王女が好きなのか。何と言うことだ。私はこれほど独占欲が強かったのだな。……無意識のうちに、彼女の周りから全ての求婚者を排除し、囲い込んでしまうほどに」

己の気持ちを自覚して以降、私はとても巧妙に立ち回った。

王家と高位貴族たちに根回しし、私が彼女の夫になることがいかに王国のためになるかということを全員に吹き込んだのだ。

それから、私は彼女に求婚した。

「あなたを、……ただありのままのあなたを愛しています」

王宮の庭で彼女の前に跪《ひざまず》くと、差し出された彼女の手を私の額に押し当て、懺悔《ざんげ》をするかのように告白した。

「私は私の身一つ以上に何も差し上げられないけれど、この身であなたを守り、あなたを愛し、生涯お側《そば》に寄り添いましょう。ですから、私がこの国の第一王女を連れ去ることを、……あなたが王族の身分を捨てられ、私の下《もと》に降嫁されることをお許しください」

私が持つ最も価値があるもの――――私自身を差し出して、彼女を望んだのだ。

「誇り高く、美しく、勇気を持った私の王女殿下。あなたのお側に生涯いることを許していただけるならば、私はどれだけでも強くなれるし、誰からも何からもあなたをお守りしましょう」

私は瞬《まばた》きもせずに彼女を見つめると、ただ一心に祈るような真剣さで誓いを口にした。

「愛しています、私の最愛のあなた」

内側から溢《あふ》れ出てくる感情を抑えることができなかったため、みっともないことに最後の声は震えていた。

そんな風に私の全てをさらけ出し、全てを投げ打って、やっと手に入れた恋だった。

だから、愚鈍なる王太子が世迷《よま》い言《ごと》を口にした時、これ以上はないほど殺意が湧いた。

「カティアをザルデイン帝国の皇帝に嫁がせる！」

突然、王太子に呼び出されたと思ったら、前置きなしに理解不能なことを宣言された。

その瞬間、目の前が真っ赤に染まり、王太子に対して殺意が湧き上がる。

この私から、私の唯一を取り上げるだと？

多分、あの時、何か一つでも間違っていたら、私は王太子を殺していただろう。

王太子が口にしたのは、それほどのことだった。

しかし、王太子にとって幸運なことに、彼の言葉を咀嚼《そしゃく》し、その意味を理解した瞬間、パズルの大事なピースがぴたりとはまったような感覚を覚えたのだ。

六歳の時にピンク色に変化した彼女の髪。変わらなかった瞳の色。ドドリー大陸に伝わる魔女の伝承。彼女が見続ける不思議な夢。

これまで何の意味もなさなかったただの事象が、意味を持ってつながり始めたのだ――ザルディン帝国皇帝からの求婚によって。

その結果、――その日、私は運命を手放すことに同意した。


「しかし、……ここだけの話、宰相閣下が婚約解消を受け入れるとは思いませんでしたよ！」

会議の後、場所を移した酒の席で、大臣がしみじみとした声を出した。

「状況は絶望的でしたし、エッカルト皇帝の求婚を拒絶したら、我が国は大きなダメージを受けたでしょうが、それでも、宰相閣下は帝国の要求をはねつけると考えていました」

「……この私が、国益を損なう判断をすると思ったのか？」

見くびられたものだな、と皮肉気な表情を浮かべてみたものの、会議のメンバーは誰ひとり騙《だま》されてくれず、全員から無言で見返される。

沈黙が続く中、第一騎士団長が私のグラスになみなみとワインを注いだ。

「ここにいるのは皆、王女殿下を実の娘のように、妹のように、家族のように愛している者たちばかりです。宰相閣下もまさか我々がこれっぽっちも心が痛むことなく、王女殿下を手放したとお思いではないでしょう？」

「……そうだな」

程度の差こそあれ、彼女を手放す決断をした時、この場にいる全員が己の無力さを呪い、絶望したはずだ。

我がサファライヌ神聖王国はカティア王女を中心に回っていたのだから。

「だからこそ、我々は王女殿下を不幸にする選択はできませんでした。もしも我々が帝国皇帝との婚姻にノーと言い、王女殿下を守る選択をしたならば、あの方は苦しまれたでしょうから」

その通りだ。

ザルデイン帝国が好戦的で、戦に長《た》けた国であることは、遠く離れたこの国にまで伝わっているほどだ。

だから、もしも帝国皇帝との婚姻を拒絶したならば、あの国は必ず攻めてきただろう。

我が国の騎士は全員、カティア王女に心酔しているから、誰一人命を惜しむことなく、最後の一人になるまで戦ったはずだ。

しかし、その状況にカティア王女が耐えられるはずがない。

「恐れ多いことですが、王女殿下は我々騎士を、家族のように大切に思ってくれました。ですから、もしも殿下のために騎士が犠牲になったとしたら、殿下には耐えられなかったでしょう」

守るべきものを守って騎士が傷付くのとは違う。

カティア王女は彼女の我儘《わがまま》で騎士を傷付けたのだと、癒えぬ傷を負っただろう。

「だからこそ、宰相閣下は憎まれ役を買って出たのでしょう？」

「これまで一度も気に掛けたことがない、あんな遠縁のご令嬢を連れてきてまで」

重臣たちが分かっているとばかりに言葉を重ねてきたため、私は何もかも見透かされていることが恥ずかしくなって俯《うつむ》いた。

「……そんなに分かりやすかったか？」

私の質問に、その場の全員が声を揃《そろ》える。

「「「これ以上ないほど!!」」」

……一人くらい、優しさを見せてくれてもいいのじゃないか。

いたたまれなくなり、俯いたままでいると、騎士団長たちが後悔したような声を出した。

「カティア王女はこれまでずっと、最前線で戦ってこられました。一騎当千とは正に殿下のことで、殿下さえいれば、それがどんな場でもお一人で勝敗を決してしまわれたのです」

「もちろん、我々騎士も毎日の鍛錬は欠かしておりませんので、王女殿下抜きでも勝利することはできます。しかし、その場合、多くの死傷者が出ることは免れないでしょう。そのことを分かっておられたからこそ、殿下はいつだって最前線に立たれたのです」

サファライヌ神聖王国は島国のため、滅多なことでは他国と開戦することはない。

しかし、その代わりとでもいうように、通常はせいぜい一つか二つしかない迷宮《ダンジョン》が、我が国には八つも存在する。

迷宮には魔物がいるから、八つもの迷宮を定期的に巡回し、魔物を払い、迷宮の外に魔物が出てこないよう目を光らせていなければならない。

カティア王女は騎士団のトップとして、その役目を全力で遂行しており、いつだって体を張っていた。それなのに……。

「国王陛下も王太子殿下も、決してカティア王女の功績を認めようとしなかったからな！　そのせいで、国民は王女の偉業を正しく理解できなかったのだ!!」

カティア王女は己の実績に無頓着《むとんちゃく》なところがあって、彼女の功績が正しく評価されていないことに全《まった》く気付いていなかった。

国民は王女を褒め称《たた》えたが、実際には彼女の偉業は半分も国民に伝わっておらず、王女は本来受けるべき称賛を受け取れていなかった。

それもこれも、王と王太子が王女を正しく評価しなかったからだ。

そもそも王は王女に興味がなかったし、王太子は自分の立場が脅《おびや》かされることを恐れ、業績の多くを握り潰したのだ。

私は俯いていた顔を上げると、後悔に満ちた声を出した。

「カティア王女はこの国にはもったいなかった。そのことは十分分かっていたが、私は己の欲から、彼女をずっとこの国に留《とど》めようとした。しかし、……ザルデイン帝国皇帝から婚姻の申し込みが来たのであれば、どうすることもできないと観念したのだ」

「ザルデイン帝国は大陸の序列ナンバー1《ワン》の国ですからね」

「そういう話ではない」

私の否定の言葉を聞いた第一騎士団長は苦笑した。

恐らく、私の真意を分かったうえで、これ以上私の傷が開かぬようにと、敢えて誤解したふりをしてくれたのだろう。

しかし、ここまで腹を割って話をしたのであれば、と私は全てをさらけ出す。

「私が彼女をこの国に留めようとしたのは、私が誰よりも一番彼女を幸せにできると考えたからだ。しかし、魔女を信奉する大陸の皇帝が彼女を望んでしまった。ここまできてやっと、私は理解したのだ」

「……何をです？」

「カティア王女の運命は私ではなかったと。皇帝からの求婚話を聞いた時、これまで起こった様々なことが思い出され、それらがぴたりぴたりとつながっていき、ああ、皇帝が彼女の運命なのだと悟ったのだ」

この場にいるのは、王国の重臣たちだ。

全員が明晰《めいせき》な頭脳を持ち、国の中枢で働いているため、多くの情報を入手できる立場にある。

私と全く同じ情報を持ち合わせているはずはないが、それでも、彼らは何かを理解した表情を浮かべた。

「……しかし、宰相閣下の閃《ひらめ》きはあくまで閃きで、確たる根拠はないんですよね。閣下は王女殿下のためだと思って身を引いたのかもしれませんが、もしもカティア王女がザルディン帝国で幸せになれなかったらどうするんですか？」

愚問だ。

「その時は、何としてでも彼女を取り戻し、私が彼女を幸せにしよう」

カティア王女を一番幸せにできるのは私ではなかった。そのことに気付いたからこそ、私は身を引いたのだ。

しかし、彼女を一番幸せにできるはずのエッカルト皇帝が、それを行わないのだとしたら、もう一度私に任せてもらう。

「その時は、カティア、……何としてでももう一度、あなたに愛を乞おう」

私は口の中で小さく呟いた。

私の脳裏には、私が手放してしまったカティア王女の姿が浮かんでいた。

誇り高く、美しく、勇気を持った私の王女殿下。
あなたの運命が私でなかったとしても、私の運命はあなただ。
これまでも、これからも。
いつだって、いつまでも。

# あとがき

はじめまして、十夜と申します。

この度は、拙著をお手に取っていただきありがとうございます！

本作は王女であるカティアが、味方がいない大帝国に一人で嫁いでいって頑張るお話です。

彼女の嫁ぎ先は、全員が魔女を崇拝している獣人族の国です。そこで、カティアは虚弱な人間族と馬鹿にされ、裏切り者の妹と蔑まれるのですが、……何と、彼らの崇拝の対象である魔女になってしまうのです！　さあ、これからどうなるのでしょう。

二巻に続きますので、引き続き読んでいただければ嬉しいです。

そんな本作ですが、私がずっと憧れていたセレンさんにイラストを描いていただきました!!

実のところ、イラストレーターさんを誰にするか、担当さんと熱く語り合いました。

担当さんは本を売るのが使命ですので、「性別に関係なく読まれるためには」とか、「売れる本のイラストとは」とか、これまでのデータを持ち出してきます。それに対して、私は「セレンさんがいいです！」の一点張りです。どこまでいっても平行線だったのですが、最後に私が言いました。

「本を売るという視点で考えたら、担当さんの言う通りだと思います！　分かっています!!　でも、私はセレンさんでなければ、本を書く力が湧いてこないんです！！！」

「……（分かっているんだ）（そして、力が湧かないんだ）（それじゃあ、仕方がないな）」

担当さんが心変わりをする瞬間を、私は見ました。

そして、恐る恐る打診をしてもらったところ、滅茶苦茶お忙しいはずなのに、セレンさんにお引き受けいただくことができました！　結果、素晴らしいイラストを皆さまにお届けできました。うふふ、どのイラストも最高ですよね!!　ちなみに、担当さんは本当に心変わりをして、「セレンさん最高！　素晴らしいイラストですね!!」と毎回言っています。人は変わるものです。


さて、大変ありがたいことに、十二月に私の著書が三冊発売されます！　そのことを記念して、レーベルを超えた合同フェアが開催中です!!

題して『最強ヒロイン大集結！　十夜先生3作品同月刊行記念★3社合同フェア』です。
◎12／6『悪役令嬢は溺愛ルートに入りました!?　8』（SQEXノベル刊）
◎12／18『転生した大聖女は、聖女であることをひた隠すZERO　5』（アース・スターノベル刊）

◎12／27『敵国に嫁いで孤立無援ですが、どうやら私は最強種の魔女らしいですよ？　1』（一迅社ノベルス刊）

三冊のうちいずれかをご購入いただきますと、ＱＲが付いてきて、「書き下ろし特別ショートストーリー三作品分」「特製ＰＣ壁紙・スマホ壁紙・ＳＮＳ用アイコン三作品分」がゲットできます！（ダウンロード期間：２０２５年1月31日まで）

つまり、本巻をご購入いただいた皆さまはＱＲにアクセスするだけ！　ということですね（詳細は帯をご覧ください）。

その他、様々なフェアをやっていますので、詳細は左記ページにてご確認ください。

https://www.ichijinsha.co.jp/novels/touyafair/

最後になりましたが、ここまで読んでいただきありがとうございます。

本作品の製作にご尽力いただいた皆さま、どうもありがとうございます。

おかげさまで、多くの方に読んでほしいと思える素晴らしい一冊になりました。どうか楽しんでいただけますように！

ICHIJINSHA

# 敵《てき》国《こく》に嫁《とつ》いで孤《こ》立《りつ》無《む》援《えん》ですが、どうやら私《わたし》は最《さい》強《きょう》種《しゅ》の魔《ま》女《じょ》らしいですよ？ 1

2025年1月5日　　初版発行

初出……「敵国に嫁いで孤立無援ですが、どうやら私は最強種の魔女らしいですよ？」
小説投稿サイト「小説家になろう」で掲載

【著者】十夜《とうや》
【イラスト】セレン

【発行者】野内雅宏

【発行所】株式会社一迅社
〒160-0022
東京都新宿区新宿3-1-13　京王新宿追分ビル5F
電話　03-5312-7432（編集）
電話　03-5312-6150（販売）

発売元：株式会社講談社（講談社・一迅社）

【印刷所・製本】大日本印刷株式会社
【ＤＴＰ】株式会社三協美術

【装幀】AFTERGLOW

ISBN978-4-7580-9698-0


おたよりの宛先
〒160-0022
東京都新宿区新宿3-1-13　京王新宿追分ビル5F
株式会社一迅社　ノベル編集部
十夜先生・セレン先生

「魔女はオレたちにとって、神聖で不可侵なるご存在だ！」
「皇妃に尻軽はいかがなものでしょうか？」
ヘラ・フクス
age ??
status
狐公爵。
皇帝に忠実な八人の公爵
『八聖公家』のひとり。
No ??
ジークムント・ヴォルフ
age 26
status
狼公爵。
皇帝に忠実な八人の公爵
『八聖公家』のひとり。
No7
エッカ
ドドリー
獣
ザルテ

「嫁いだ日から、帝国が私の国よ。あの国に誠実に向き合い、国民たちを愛するわ」
「私は魔女に心臓を捧げている
彼女が現れたら全てを捧げるだろう」
ルト・パンター
ルデイン
ge 22
tatus
大陸の序列1位、
族を統べる
イン帝国の皇帝
カティア・サファライヌ
age 16
status
ザルデイン帝国の皇帝の婚約者。
サファライヌ神聖王国の第一王女。
王国最強の魔法使いであり、
騎士団総長職に就く
ヒューバート・
ノイエンドル
age 19
status
サファライヌ神聖王国
公爵であり、宰相。
カティアの元婚約者

敵国に嫁いで
孤立無援ですが、
どうやら私は
最強種の
魔女
らしいですよ
?

「魔女は最古の種族であり、はじまりの種族なのです」
ルッツ・プファウ
age ??
status
孔雀公爵。
皇帝に忠実な八人の公爵『八聖公家』のひとり。
No8
「なぜわざわざ人間族から、皇妃を迎えなければいけないのですか」
アルバン・ファルケ
age ??
status
鷹公爵。
皇帝に忠実な八人の公爵『八聖公家』のひとり。
No ??
「――――王女殿下、お祝いを申し上げます」